亡者：住出租房的中年人
性别：男
死因：自杀。亡者两次遭到信任之人的欺骗，对人生感到绝望而自杀。
性别：女
死因：病故。子女虽不再与老奶奶联络，但她仍认真过着每一天，并为自己的身后事做足准备。
亡者：上夜班的年轻女孩
性别：女
死因：人为纵火。姐姐的男友好逸恶劳，与姐姐分手后怀恨在心，纵火报复女友一家，妹妹不幸罹难。
亡者：住在乡下的老人
性别：女
死因：寿终正寝。有儿孙环绕，在家人的陪伴下安详地离世。
亡者：死在家中无人问津的老人
性别：男
死因：病故。因儿女不关心而独自居住，病故20天后才被邻居发现，儿女只在遗物中寻找财物。
亡者：刚搬入出租屋一个月的男人
性别：男
死因：肝硬化酗酒亡故。因患病离婚独居，又因深爱不在身边的孩子酗酒直至亡故。
亡者：租住破旧老屋的老人
性别：女
死因：自然死亡。没有子女抚养的老奶奶靠捡拾垃圾度日，还好有忠犬相伴，即使死去也有它守护。
亡者：住在儿孙隔壁
性别：女
死因：自然死亡。虽
但是家庭关系冷漠，
才被发现。
性别：男
死因：不详。想做
家人期望成了牙医，
后自杀。
30年的老人
亡者曾是韩国
与世隔绝是他生命的
唯一标签。
亡者：大厦警卫
男
亡者未婚，
酗酒而亡。本是豪门独子
只愿过闲云野鹤般的清闲日
但孩子们逼着他做生意，赔
又不赡养父亲。
离婚，因孤独自杀。
妹不幸罹难。

爱女而选择独居，即使病得很厉
害也不叫女儿为他操心。
性别：男
死因：病故。因儿女不关心
自居住，病故20天后才被邻居
发现，儿女只在遗物中寻找财物。
性别：女
死因：急性低血糖导致休克。老
人为了不成为子女的负担，独自
一人居住，并在生前就安排好了
所有后事。
亡者：隔壁的邻居
性别：女
死因：心脏停搏猝死。邻居为了
缅怀她，在她去世的浴室留下一
朵菊花。
性别：男
死因：饮酒过量诱发腿伤严重。
父亲腿受伤后不忍连累儿子而独
居，病到只能在地上爬，无法正
常上厕所也不告诉儿子。
亡者：独居的老父
性别：男
死因：在睡梦中亡
多日才被发现，他
电的电热毯上，尸
电热毯下面。
亡者：大厦警卫
性别：男
死因：病故。亡者未婚，喜欢诗
歌，喜欢请无家可归者吃饭。
性别：男
死因：自杀。亡者生前渴望进入
韩国电力公司工作，但在奋斗的
路上选择了自杀。
亡者：住出租房的中年人
性别：男
死因：自杀。亡者两次遭到信任
之人的欺骗，对人生感到绝望而
自杀。
性别：男
家人期望成了牙医，梦想破灭
后自杀。
亡者：住在乡下的老人
性别：女

WO SHI YIWU ZHENGLISHI

我是遗物整理师

[韩] 金玺别 全爱圆 著
萧素菁 译

接力出版社
Publishing House

目录

序言

让我们的人生拥有一个美好的结局

《我是遗物整理师》的出版已经是六年前的事情了。

在这段时间里，遗物整理现场也发生了很多变化。在刚开始做遗物整理师这份工作时，大部分情况下，我都在清理老人们离去后的现场。尤其在韩国，我清理的主要是年过花甲的老人生活过的地方，然后再把遗物转交给他们的家人或朋友。不过，最近这样的情况也慢慢开始发生了变化。虽然当今社会被称作“百岁时代”，但是我的遗物整理对象却越来越年轻，他们主要是四五十岁的人，偶尔也会遇到只有二三十岁的人。

过去，我遇到过许多非自发性的孤独死亡现场。但是现在，我却需要经常打扫年轻人的死亡现场，而他们都是自发地选择与社会脱轨，与世隔绝，甚至放弃生活的希望，随波逐流地生活，直至走向死亡。从他们的遗物中，我无法找寻到任何生活下去的意志。当然，偶尔我也会从年轻人那里收到房屋整理，而不是遗物整理的请求。他们的房间通常都会堆满垃圾，而且看不出任何外出过的痕迹。他们拒绝与人直接交流，只愿意面对由互联网连接的世界。

让人们最终走上这条路的原因有很多，但是对于大多数二三十岁的年轻人来说，他们选择这样的生活主要还是因为就业失败导致的生活困苦。他们主动远离朋友，与家人也保持距离，并自称为“隐居式孤家寡人”。

每当看到这些人的生活痕迹，我都会忧心忡忡，主要还是怕他们有一天真的会从人际关系中消失，最终被发现的时候已经是一具孤独死去的尸体。

我相信在中国也有很多类似的情况。随着“一人家具”的普及和“一人文化”的盛行，人们已经逐渐习惯了一个人的生活。此外，新冠肺炎疫情让人们不得不保持社交距离。在这种情况已经延续两年多的情况下，面对面的交流也在持续减少。虽然随着IT技术的发展，人们可以更多地进行线上沟通，但是人们已经变得过于陌生，根本无法看透其他人的内心世界。最终，越来越多的人无法与他人建立深厚的感情。

中年人的情况就更加糟糕了。他们跟不上技术的发展，遇到家庭不再完整的情况，就会感到格外孤独，心理疾病也越来越重，最终走向孤独死亡。这种情况，我已经见过许多次。

虽然在图书出版、电视剧制作和播放的过程中，许多人都对遗物整理师这份工作有了了解，但是大部分人都只是以一种好奇的眼光看待“孤独死亡”，而不会把它当作“也许自己也会经历的事情”。

看着这些人，我觉得我应该努力让大家认识到“孤独死亡”并非事不关己，而是谁都有可能遭遇的事，也是我们应该齐心协力尽力避免的事。

我认为《我是遗物整理师》是一本通过离开的人们留下的痕迹，为需要继续生活下去的、留在这个世界上的人而写的书。我们当下应该做哪些事才能避免孤独地死去？出于这样的考虑，我还在这本书中写下了“圆满人生的七大守则”。这些守则并不会让我们成为富翁，但可以让我们的人生拥有一个美好的结局。毕竟，死亡对每一个人都是非常公平的，任何人都无法逃过。我本人也在亲身实践这些守则，并从中体会到了它们对人生的积极影响，在坚持这些守则的过程中，我变得越来越谦逊，内心也越来越从容和平静。

活在当下的我们，其实一直都在与死亡同行。我希望能够通过我的微薄之力，让更多的人拥有一个美好的结局。我也希望留下来的人回忆起逝去之人的时候，悲伤短暂，余韵悠长。

为简体中文版的出版特别作序

金玺别

2022 年 1 月

前言

离去的人所教给我们的

“玺别啊……我们家哲洙死了。你和哲洙从小就像亲兄弟一样要好，所以觉得应该跟你讲一下。”

我已经记不起来，听到最要好的朋友已离开人世的那一天，我是怎样挂上电话，然后走到告别仪式现场的。等意识稍微清醒过来时，我已经身在告别仪式现场，正抱着哲洙的母亲痛哭。

年仅二十三岁的哲洙，他最大的梦想是拥有一台摩托车。但当他刚刚用第一份薪水买到梦寐以求的摩托车，却在路上与违反交规的车辆相撞身亡。实现梦想的喜悦日子，连七天都不到。

我和哲洙一起度过了童年时期和求学阶段，在我人生的每个转弯处，他都占有一席之地，几乎不曾缺席。如此重要的朋友，我却不能为他做什么。如果他还活着，尽管我所能做的也只是握着他的手说声“加油”，但至少我还可以做得到，可是如今他却成为冰冷的尸体躺在那里。我的眼泪，还有他母亲恳切地抚摸着儿子的一双手，都无法救回他。我现在能为他做的，只有好好送他最后一程。

从出生至今，那天是我第一次观看入殓过程。殡葬礼仪师严肃地默念完悼词之后，开始诚心地慰问我们这些失去朋友、失去儿子、失去哥哥的人，接着就竭尽心力地擦拭我朋友的遗体。从头到脚，只要礼仪师双手擦过的地方，朋友的身体似乎就透出清澈的光泽。真是一双充满灵魂的手。

现在，他要为朋友拭净了的身体穿上寿衣。仿佛在对待还活着的人一样，他小心而细腻，同时谨守着对亡者的礼仪。当整个入殓过程结束时，他的鼻梁上已渗出一颗颗大粒的汗珠。

从他对待我朋友的态度当中，我得到莫大的安慰和感动。他不仅妥善处理了失去生命的肉身，而且守护了朋友在人间最后的尊严。虽然与我的朋友素昧平生，但比起什么都没做的我，他却为朋友人生的最后旅程做了所需的一切。

那天之后，有一段时间我的脑海里经常浮现出他的身影。工作做到一半，吃饭吃到一半，走路走到一半，我只要想起当时的景象，心中的一角便不禁觉得肃然。

这之后的某一天，在告别仪式会场工作的友人拜托我帮忙介绍愿意从事葬仪工作的人。真是令人难以置信，我竟不自觉地脱口说自己想试试。现在这一行都有教育培训机构，新人可以进行系统地学习，但在当时既没有地方可以学，也没有殡葬礼仪师这种职业。

我就在什么都不懂的情况下，投入了殡葬礼仪师的工作。一开始非常吃力，我连伸手碰触躺在太平间的冰冷遗体都不敢。

殡葬礼仪师的工作让我惊讶地发现，很多人无法接受死亡这件事；而且我更发现，像电视剧里演的那样，能够带着身边家人满满的爱克服对死亡的恐惧，平静地迎接最后一刻的到来，这样的极幸运者千里挑一。其实，有相当多的人是在孤寂冷清中死去的。

就这样过了一年，接着又过了五年，我被冠上了“韩国最年轻事务长[1]”的头衔。我偶尔会写下一些对工作的感想，也会将它们记录在博客里。某一天，有位女士看了博客后跟我联络，说她的父母已经过世，她想要整理他们的遗物，但是只要一打开父母家的玄关门，内心就悲痛无比，完全无法再往房里走一步。

当时她的母亲生病了，却坚持对子女保密，只让丈夫来照顾她。然而力不从心的父亲竟然先离开人间，不久后母亲也随之过世。女儿知道这一切时已经太迟了，她的内心从此承受着无限的悲痛与自责。

① 韩国公司中的“事务长”一职是介于社长和部长之间的职位，类似于中国公司中的经理一职。—— 本书脚注如无特别说明，均为编者注

我无法拒绝她叫我帮忙整理遗物的请托，同时也第一次明白一件事——很多人不是因为不重视离世的亲人或者不爱他们才委托其他人整理亡者的遗物，情况正好相反，他们通常是因为对独居而亡或自杀身亡，还有因犯罪而被夺走生命的家人心怀罪恶感及悲伤，才无法亲手整理他们的遗物。

从那天起，我开始认真思考遗物整理这项工作。随着来自亡者家属的请求一件件增加，最后我开了现在这家公司[①]。我决定将工作从已经从事了十二年的殡葬礼仪师改成遗物整理师，是认为这样做可以减轻活着的人的痛苦，也是人世间真正需要的一件事。

于是我开始当起遗物整理师，至今[②]不知不觉也过了将近十年。我在遗物整理现场所能做的事，只不过是将亡者留下的痕迹清理干净，将遗物整理好交给家属，最后再打扫周边而已。然而每当整理亡者遗物时，我总感觉到有太多令人遗憾的死亡，值得我们去记忆。此外，身为亡者“最后的送行人”，我也有责任说出他们想讲的话，连带还抱持一个小小的愿望，期盼能因此改变人们对遗物整理师的负面看法。

这本书不是描写“一个人出生，经历各种事之后死亡”的传记类作品，从社会角度来看，也不是想要传达可以闲聊的刺激性话题。我只期待读者能从这些离开的人的背影当中

① 本书作者之一金玺别于二〇〇七年在韩国成立遗物整理公司Biohazrd，至二〇一六年一共整理了一千多位亡者的遗物。

② 作者写作本书的时间为二〇一六年。

记得一件事——在我们不经意间接触过的各种死亡案例里，其实包含了将来某一天我们自己所要面临的状况——对我们而言，离世后真正留下来的不是房子、金钱、名声，而是曾经深爱过谁，以及被深爱过的记忆，仅此而已。

转行从事遗物整理工作后，我碰到过太多有着哀痛记忆的人。有一次到现场时，我看到亡者的父亲几乎已经将遗物整理完毕，我们问他为什么要亲手整理，女儿过世已经令他很伤心，这些事情交给我们来做就好了。结果他回答说："女儿是因为我而来到这个世界，后事不也应该由我来处理吗？"

这位父亲虽然整理好了女儿的遗物，却不知道打包起来的东西该如何处理，于是对女儿的房东歉疚地说房间可能需要消毒，才联络我们来帮忙。

还有一次我接到的委托是去消除电梯里的恶臭味，这是个让人难忘的现场。我后来才知道，恶臭味的来源在电梯下方，一名三十岁的男性上班族在聚餐时喝了酒，回家的时候靠着电梯门站了一会儿，结果不小心摔落到电梯下方，直到死后一个月才被发现。听到消息赶来的母亲抱着儿子已经腐烂的尸体恸哭，看到这位母亲伤心地哭泣，我也忍不住掉下了眼泪。

父母的爱总是令人不可思议。还有一个现场是间半地下的房子，这里住着一名独自迎接死亡的五十岁男性，他的尸体在他死后十五日才被发现。整理遗物时，我们找到一个手掌大小的笔记本，打开一看，里面写有"死前想做的十件事”：“想去电视节目里介绍的美食餐厅”“想联络朋友，听他们的声音”……最后是“想记住女儿出嫁时的身影”。但是他的独生女当时在德国留学，连父亲已经得肝癌过世的消息都不知道。为了让在遥远异乡的女儿能专心求学，爸爸对她隐瞒了自己生病的消息。

能为失去珍贵亲友的人减轻悲伤与痛苦（哪怕只是一点点），或是为离开人世的亡者做最后的整理，不需任何人说明，我们都知道这些事意义深远。但是另一方面，我也不希望继续做这样的工作。孤独死亡、自杀、犯罪死亡……这些悲剧最好都能消失，这样我的职业就没有存在的必要了。

这一天真的有可能来临吗？不过至少我们可以减少悲剧的发生，只要我们对家人、邻居多一点儿关心。我们或许不知道，一通问候的电话和一句温暖的话语，都可能成为足以支持某个人活下去的力量。拥抱曾经一度想放弃生命的人，让他们可以重新开始，并不需要花费太多力气。只要认识到对方是自己珍视的人就够了，这件事所需要的只是体贴和亲切。

恳切希望透过我的遗物整理经验，读者能够更加懂得珍惜身边的人，重新认识生命的意义。也希望读者能心存感谢地和自己所爱的人一同生活，并领悟到“只是生活”与“心存感谢地生活”两者之间的差异。

读者与我，我们的存在都是珍贵而重要的。世界上一定有人会因为我们好好活着而心存感激，只是我们自己不知道而已。

第一章

如果当时能懂得多爱彼此

不忍寄出的一封信

刚入秋，在阳光依旧温暖，却已吹起阵阵凉风的某个午后，我在办公室接到了一个电话。打电话的人是一名大厦管理员，他说有个房间因为房客身亡而发出恶臭味，委托我们去打扫。到了约好的时间，我们带着设备到那里，地点是首尔大学附近的一间套房。

管理员开门让我们进去，房间不大，除了单人床之外，壁橱、洗手台、书桌、书柜就是全部的家当。窗户四周的缝隙被细心地贴上了一圈蓝色的胶带。

管理员说："是烧炭自杀的。"

床上的床垫明显留着亡者死亡的痕迹。我们必须先用黑色的塑胶材料将床垫包上好几层，然后再搬到外面去。这是为了在搬运过程中，不让已经渗入床垫的腐败物质掉出来，继而发出恶臭味。

床垫清理完后，我们的呼吸变得稍微顺畅了一些。我装上携带式抽风机，把窗户全部打开让房间通风。这里的建筑物并不密集，风势也不小，就算我把窗户都打开，也不会影响到邻居。

要开始整理遗物了。第一个映入眼帘的是放在书架上像盘子般的奖牌。我拿起奖牌一看，上面刻的字令人讶异，原来亡者是以首尔大学牙科系第一名毕业的准牙医。书架上竖着密密麻麻的医学书籍，书桌与房间地板上也都堆满了书。我们打开其中一本贴满便利贴的书，看到里面到处都有用荧光笔画的重点，还有满是芝麻般大小的英文字的抄写笔记。那一刻我马上可以想象到，亡者在念牙科系时有多么用功。

看起来亡者一直非常认真用功。他所念的大学科系是高中成绩列在前百分之一的学生才有机会进入的，想必他从读小学开始，就一直是成绩优异的学生。

这位进入大学热门科系，到毕业为止都考第一名的翘楚之才，现在已经是一名准牙科医师，但是这样人人称羡、大可以好好活着的年轻人，为什么会自行结束生命？

把书装进箱子里的同时，脑海里的疑问一直盘旋不去。于是，我打开夹杂在书堆中的一个线圈笔记本翻看了好一会儿。

笔记本里的每一页都写着一些像诗又像歌词的文字，内容包括与心痛的离别有关的文字、与甜蜜的爱情有关的文字，以及看起来像是反抗这个世界的文字。我心想这些会不会是最近年轻人喜欢的流行歌曲歌词，但是问了一旁的年轻职员，他们都回答不知道。

带着疑问，我继续整理着遗物，此时看到壁橱的角落里放着一把吉他。或许是经常被主人弹拨，吉他已经明显褪色。因为我曾经一度热衷于弹吉他，所以熟练地拨了几下吉他弦。不知主人是否最近常弹，调弦的状况很好。

吉他旁边有一只箱子，打开一看，里面装满了乐谱。在五线谱上有已经画好的音符以及填好的歌词，这也是我刚才在线圈笔记本上看到过的文字。

乐谱足足有好几百张，越接近箱子的底部，乐谱纸张的颜色也渐渐不同，压在最底下的部分甚至已经发黄。

我正打算将乐谱重新放回箱子里时，有封信啪的一声掉在了地板上。收信人的地址是庆尚北道的某个地方，信封上连邮票都贴好了，信封口也已经封上。我心中挣扎了好一会儿，觉得有可能是一封重要的信，所以还是决定打开来看。

致思念的母亲：

天气突然变冷了，这种连寒风都沁入屋内的严冬，真是令人担心，不知道您要怎么度过。不要舍不得开暖炉，万一要是感冒的话，身体会不舒服，而且还要花钱买药，损失反而更大。对了，爸爸的腰还会痛吗？有没有好一点儿？这样折腾来折腾去，妈妈真的辛苦了。

如果真的感冒了，不要因为舍不得花钱而忍受病痛，一定要去医院。要吃好一点儿，不要每天只是吃菜，有时也要吃一些肉，那些草就拿去喂牛吧。

我在首尔过得很好，一直在认真上课，三餐正常吃饭，身体也很健康。不久前，我还和同学组成读书会，大家约好一起念书，而且我原本人缘儿就不错，所以大家也帮了我很多忙。

妈，我会认真念书，赶快当个医生。等我当上医生后，一定帮您装上最好的假牙，家里也要装修，还要让爸爸的腰部接受手术治疗。真希望那一天赶快到来。虽然一切都很好，但还是好想妈妈。

这是个情感丰富的儿子，信里的每一字每一句都能感受到孩子对母亲深深的爱，也透露出希望尽快让父母过上好日子的愿望。现在儿子已经毕业了，这封信想必是很久以前写的。但他为什么没有把信寄出去？又为了什么踏上寻死一途，不仅放弃了灿烂的未来，还舍下心爱的母亲？

这世上的死亡都有理由，虽然不知道他选择死亡的理由是什么，但显然对他来说，活着比死还痛苦。即使他过的是别人眼中值得称羡的生活，但背后却隐藏着难以承受的痛苦。

到底是什么样的痛苦呢？

我重新把这封信放入装乐谱的纸箱里，年轻的职员说了一句话。

“看来他是想当作曲家的。”

“你说的这是什么话啊！他可是首尔大学牙科系排名第一的毕业生啊。”

“那是他毕业的学校，但是就算从牙科系毕业，还是有可能想做别的事啊。”

那一瞬间，我的后脑勺像是被重击了一下。这名职员说的话没有错，牙科系毕业的人并不一定都想当牙医。我根据信中的内容推断，他家中经济窘困，父母的健康状况也不佳，因为没提到其他兄弟姐妹，看起来极有可能是独生子。想当医生的念头应该就是出于这个原因，他有一个需要承担许多责任的沉重人生。

然而他真正想做的事是写歌，这是他无法对其他任何人启齿的梦想，然而这个像傻瓜一样的年轻人并不知道，让父母看到他幸福地过着想要的生活，才是真正的孝道。他并不了解，他这个儿子令父母骄傲，原因不在于他的天资，也不是因为他快要成为医生，而在于他是父母的孩子，所以在父母心中是无比的重要。这个孩子还来不及领悟到：只要儿女好好活着，就足以令父母感激涕零。

孩子是怎样揣测父母心意的呢？身为一名殡葬礼仪师，我在工作中见到过太多的死亡场面，在现场我几乎不曾看过孩子抱着往生的父母哭，但是父母一定都会把过世的孩子抱在怀里哭泣。

我有一次接到通知，说是发现一具横死的尸体。在我们赶到现场善后的时候，只能从长发推测出这是一名女生，而在腐烂到难以辨识的遗体面前，大家都捏着鼻子站得远远的。但是就在那时有人跑过来，抱着尸体开始痛哭，原来他是亡者的父亲。父亲用脸贴着女儿的脸磨蹭了好一会儿，一直留在那里不肯走。不管是死还是生，或者肉身已腐，她都是父亲最疼爱的女儿。

对子女的小小期盼

曾经有一次，不知亡者的家属因为什么事如此急切，我们连作业程序都还来不及说明，他们就一窝蜂地冲进房间，打开衣柜，翻找棉被之间的缝隙，然后拉出抽屉，把它们整个翻倒在地上。男女共五人，从他们对彼此的称呼听起来，应该是亡者的女儿、女婿和儿子们。

我问是什么遗物，让大家这么手忙脚乱地找，听他们说是在找房子的地契。

“到底藏到哪里去了？”

“还有金戒指和金蟾蜍，怎么找不到？”

家属在卧室里什么都没找到，又转到其他房间四处翻箱倒柜。

东西其实最后都会转交给他们，但家属如果把房子翻得乱七八糟，只会增加打扫的难度。就算我只是个受委托者而他们是我重视的顾客，我的内心还是会犹豫是否真的要帮这种客人打扫。

我告诉他们我会在门口等，然后就往外面走去。时值烤箱般酷热的盛夏，只要在室外站一会儿，马上就会汗水直流。大概过了近三十分钟吧，时间已经无法再拖下去了，我必须赶在邻居下班回家前整理完毕。

当我打开门要走进去时，家属正好也往外面走来。不知是否因为没找到想找的东西，家属的脸上带着一丝不耐。听起来像是大女婿的人，要求我如果找到东西的话，务必转交给他们。这是理所当然的，相册、手机、身份证、各种文件、图章、现金等贵重物品，就算家属没有要求，我也一定会交给他们。

被家属翻过一遍后，屋内看起来更显零乱。我们将区域及负责人员分配好后就开始整理，不过到我们打扫完毕为止，家属要找的东西一直没有出现。

我指示工作人员将装有遗物的箱子搬上车，接着又擦拭在整理过程中发现的相册和照片相框。我走到外面想要将这些转交给家属，望见家属都聚集在大楼入口处。

“没有看到其他东西，只有这个。”

女儿带着失望的表情接过相框和相册。就在那一瞬间，儿子把东西抢了过去，丢到我们停在一旁的车子里。

“味道这么重，为什么还带这个走！”

一阵吵嚷之后，其中一个相框玻璃破碎了，里面是一张父母合照的照片。如果有所顾忌，至少也该把照片拿出来珍藏吧。

我跑进车子里，将相框取了下来。

“只把照片拿出来，应该没关系。”

为了把照片取出来，我打开了相框背盖。这时突然有个东西掉了下来，原来是现金和一个信封袋！东西就藏在相框内层被裁切过的泡沫塑料里。家属的视线立即集中在车厢外的地面上，亡者的一个儿子马上跑了过来。我捡起现金和信封袋正准备交给他，不过他快我一步先伸手抢了过去。

亡者家人随后全都拥上来，儿子开始数有多少钱，他说总共有五百万韩元①。另外，在信封里还装有一张房契。

我把照片交给儿子。

“这张照片至少要好好保存吧。”

儿子虽然面露不耐，但自己也觉得过意不去，所以勉强接受了。对他而言，重要的还是房契和现金。

我后来了解到，那笔钱是老人留着作为丧葬费之用的。直到死前那一刻还惦记着子女的人就是父母，父母绝对没想

① 二〇二一年底，韩元兑人民币的汇率为1元人民币可兑换186韩元。

到子女想把他们的照片丢掉，所以才会将现金及房契一起装进相框里，但是子女竟然将亡者的照片全当作垃圾处理掉。父亲独居死亡后过了二十天，子女才得知这个消息，结果却没有任何人伤心。第一个发现亡者尸体的也不是子女，而是住在隔壁的老爷爷。

像这种情况，通常家人会对于没能早点发现并及时挽救老人生命这件事，感到悔恨自责。每次碰到这样的家属，我尽管心中怀疑是否真能安慰得了悲伤的他们，还是会尽量传达慰问之意。

不过那一天并没有任何家属感到悲伤，所以我也不需要说出慰问的话语。这是我第一次希望人是没有灵魂这回事的。如果亡者有灵魂，当他目睹这一切时不知是怎样的心情。

想要的东西已经到手的家属们无视旁观者的眼光，仿佛事情都已处理完毕，匆匆离去。只有我带着难以掩饰的落寞，留在原地徘徊。

在厕所献上一朵菊花

我小时候如果碰到有人过世，大人都会讲些优美的话来解释。

“到遥远的地方去了。虽然不会再回来，但是在那里身心都不会感到痛苦，能过着幸福的日子。”

幸好在我的成长过程中，并没有对死亡抱持负面的想法。最初从事殡葬礼仪师这项工作虽是偶然，但或许是因为成长背景的关系，我并不忌讳处理有关死亡的事件。

不过在死亡现场工作几年之后，我开始了解到死亡并非像小时候大人们形容的那样美丽。然而它也不是件丑陋的事，它只是自然界当中的一个片段。

花是花，虫是虫，它们只是单纯的存在。玫瑰花漂亮，毛毛虫恶心，这是因为我们已经带有先入为主的偏见。其实世间万物并没有美与丑，生与死也一样。

每次碰到有人失去亲人，我们会陪着流泪，表达哀悼与慰问之意。我们在听到新闻中报道社会事件时，同样会感到悲伤、遗憾、愤怒。

“现在没了儿子，要靠什么力量活下去？”

“不知有多苦，太可怜了。”

“怎么有这种无赖！”

不过如果这类事件是发生在左邻右舍时，情况就又不同了。当自己住的公寓发生凶杀事件时，有些人反而觉得有人死亡这件事让他们感到不舒服，而且自认运气不好。还有些人将对于死亡事件的不快不断扩大，经常迁怒于处理死亡事件的人。虽然不是每一桩遗物整理事件的现场都会这样，但是当我们处理现场到一半，因肚子饿去餐厅吃饭时，就经常在停车的巷口遭到当事人邻居的辱骂。

“真让人不舒服，为什么把这种车停在别人家门口？快，马上移走！”

“进出那一户人家后又经过我们家，顺便也把我们家门口打扫完再走吧。死前怎么不干脆搬走呢？我们家真是运气不好。”

“这是什么味道！来我们餐厅吃午餐的客人马上就要来了，您下次再来吧！”

像这种程度还算是客气的，被喊成“这家伙、那家伙”也早就司空见惯。我们除了被各种辱骂之外还常受到被撒盐[①]，甚至被泼水这样的对待。但如果我们不来处理亡者的遗物，情况会更恶化，这些邻居也会受害虫及恶臭味之苦。我们的工作是为了解决这些问题，得不到鼓励就算了，为什么还要受到这种待遇？我们为此常常感到委屈。

在这期间，有一天我缠着女儿问她：

“今天爸爸去工作时，因为身上有味道，人家不让我在餐厅吃饭，大家都不喜欢爸爸，怕爸爸身上有看不到的‘鬼’。你是爸爸的女儿，没有闻到爸爸身上的味道吗？如果爸爸身上有‘鬼’，你要怎么办？会不会害怕？”

女儿听完我的问题，转动可爱的眼珠，想了一会儿后反问我：

“爸爸，人死后是不是都会去某个地方？”

“嗯，是啊。”

“那爸爸是帮忙让那些人可以好好离开吗？”

“是啊。”

“这样那些人一定会很感谢爸爸的。大家都不喜欢迷路，迷路的感觉很可怕，可是爸爸能帮他们找到路。那这样为什么要怕爸爸？”

① 韩国人向别人撒盐的意思是让那人走开，不要接近自己。

该回答什么呢？女儿的问题我完全无法回答。

这件事总要有人去做，却又不受大家欢迎，所以我们只能偷偷摸摸低调地做。这就是这份工作的矛盾之处。

一直到现在，我都还听说有的人家里仍有对参加遗体告别仪式回来的家人撒盐的习惯，这是为了驱赶可能会跟着回家的“鬼魂”吗？死亡一直被认为是件让人恐惧、不舒服的事，但总有这么一天，我们必须送走心爱的家人，而我们也终将离开这个世界。人都会死，有什么事会比这件事更明确的吗？

真希望大家了解，我只不过是为先走的人祈求冥福。“原来有人是从事这种工作的。也是，这个工作一定要有人做”，如果大家能有这样的想法，真是再好不过了。

因此我一直忘不了，一位手捧菊花站在那里的女人。

那是某个独居者的死亡现场，死者的死亡地点是浴室，死因是“持续闭气用力”（Valsalva Maneuver）[①] 所导致的心脏停搏，这是在喘气或突然施力时，脑部因供氧瞬间中断而失去意识的现象。这种现象对身体健康的人没有影响，但是对患有血管或心脏疾病的人则可能有致命的危险。

---

① 持续闭气用力是日常生活中常见的动作，如搬起或移动重物、解便用力、咳嗽、呕吐、打喷嚏等。深呼吸之后闭气用力，这个动作会造成会厌软骨关闭、胸腹腔内的压力上升，进而出现一系列心血管的血液动力变化。——译者注

我们打扫一会儿后听到了敲门声，我打开门一看，一名手捧菊花的女人站在门口。她说是亡者的隔壁邻居，看她的表情感觉像是快要哭出来了。

“就住在隔壁而已，竟然不知道。真的对不起……”

女人进到洗手间，将眼泪和一朵花留下之后便离去了。这种事很少见，所以格外让人讶异与感动。

我很想代替亡者向那位女子答谢。

“谢谢您记得我，还来送我一程。”

把孩子变成犯罪者的『申师任堂』[1]

一般情况下，如果是刑事案件受害者的遗物需要整理，韩国警察厅会将公文送达“全国犯罪受害者声援联合会”[2]，那里通常会再把公文转给我们。但是我们处理过一桩没有收到过警署公文的特殊遗物整理事件，这件事连警察都觉得很纳闷儿。

我们在前往现场之前，只听说这是一桩孩子杀害亲生母亲的事件。

我在网络上搜索了一下当地的社会新闻，嫌犯据说是一名十几岁的青少年，也就是被害者的儿子。虽然没有更详细

① “申师任堂”指朝鲜时代的贤妻良母。——译者注

② “全国犯罪受害者声援联合会”的韩文原文是 전국범죄피해자지원연합회。——译者注

的报道内容，但是光“杀害亲生母亲”这一点就已经引起了社会极大的震撼。

犯罪现场和一般现场不同，会留下警方采集指纹用的粉末，以及被害人抵抗时的痕迹等，特殊情况较多，所以我们通常都会带着所有装备和药品到现场。为了避免遗漏，当天早上我在出发之前一直专注于准备装备，并且预计作业时间要持续两天。

现场是一栋设计得非常宽敞、舒适的高级公寓，客厅没有被弄乱，厨房也依然很干净。我想打开一间应该算是卧室的房门，但是房门有些奇怪，似乎曾经被完全密封了起来。除了被涂上黏合剂外，门上又加涂了硅胶，然后再贴上层层胶带，门缝也有曾被封死的痕迹。

卧室里的床上布满鲜血和腐烂物质，这让我想起以前处理过的一个现场。当时现场的血量之多，大概是一举起棉被鲜血就马上哗啦流下来的程度。现在，我眼前的那条棉被大概也是这样。被害人没有留下挣扎的痕迹，通常这种情形不是遇害时在睡觉，就是已经喝醉酒或者被害人是行动困难的身体残疾者。

我走去另一个房间，看起来像是屋主儿子住的房间。打开房门一看，首先映入眼帘的是宛如用奖状裱贴的一面墙，最优秀奖、金奖、优秀奖、优等奖……全部都是拿到第一名才能获得的奖励，奖杯也是摆满一整个大橱柜，没有半点间隙。从房间一眼就可以看出来，儿子不仅会念书，在各方面也都表现杰出。

弑母事件的全部过程似乎都发生在亡者的卧室里，其他地方完全找不到痕迹，连采集指纹的粉末都没沾到。正当我们准备整理现场时，孩子父亲那边的亲友也陆续在房子里进进出出。

他们的交谈中隐含着这起案件的线索。这是个原本由妈妈、爸爸和孩子三口人组成的富裕家庭，从孩子念中学开始，妈妈就执着于他的学业成绩。唠叨、强迫、威胁、拿棍子毒打，妈妈使尽各种手段逼孩子念书。为了这个问题，夫妻两人的关系开始急遽恶化，经常发生口角。虽然有时也会交谈，但一直无法拉近两人想法的差距。最后在孩子进入高中就学时，这对夫妻终于决定离婚。

离婚之后，妈妈对孩子成绩的要求变得更加极端。如果拿不到第一名，妈妈就用高尔夫球杆狠狠地打孩子，甚至不停地骂他，不让他睡觉。爸爸离开后，那么大的房子只剩孩子和妈妈两个人，连个劝阻的人都没有。相反，如果孩子考第一名，他想要的东西妈妈都会买给他。

这原本是个聪颖的孩子，只要好好地加以引导，他就能自发地学习，而且能有不凡的表现。但因为妈妈的强势，让他变成一个视念书为压迫、对成绩产生恐惧的孩子。

事件发生那天，正是学校公布考试成绩的日子。没拿到第一名的孩子那天回到家，照旧得趴下，接受高尔夫球杆的体罚。妈妈一句“明天再说”，让孩子整夜陷入恐惧之中。

就是那天晚上吧！孩子在自己的房门上练习射击，他有一把枪。我们在整理房间时找到一把枪，仔细一看，是用市面上贩卖的高级玩具枪改造的，不过子弹不是塑胶做的，而是铁。

现场看起来确实发生过枪击，房门被打到有好几处凹陷。我们也找到好几把刀，虽然大部分是可携带式的小刀，但是刀刃锋利的程度足以令人心惊胆战。

是不是孩子因为承受不了极度的压力，所以拿这些恐怖的武器当玩具玩？还是早就计划好要弑母？总之，孩子就这样成了潜在的犯罪者。

听说孩子害怕第二天母亲睡醒后继续施行体罚，所以犯下滔天大罪。他对熟睡的母亲刺了好几刀，又因为害怕母亲会活着打开房门走出来，于是又在门缝上涂了强力胶。

几天之后，尸体开始腐败发出臭味。孩子买了几卷做泡菜用的保鲜膜，将尸体一层又一层包裹好。没想到尸体腐败的速度反而因此加快，恶臭味也越来越严重。虽然他在原本涂有强力胶的门缝上又涂了硅胶，但还是有恶臭味传出来，所以他又加贴了好几层胶带。

发现犯罪事件的是孩子的父亲。他每个月都会寄生活费，因为一直联络不到孩子的母亲，所以直接联络孩子。他发现孩子不停地闪躲，借故说妈妈外出无法接电话，父亲感到奇怪跑来家里时，孩子也推托不让父亲进门。后来父亲趁孩子上学时找锁匠开门进去，没想到目击了这个令人难以置信的情景。

这是足以让所有父母深思的现场。到底错误是从哪里开始的？被害人为何对孩子的成绩如此执着，致使高三的孩子变成杀人犯，而自己也成了杀人事件的被害者？

被害人爱她的儿子，不，她相信自己爱儿子，所以为了儿子的将来，她觉得应该要狠狠地逼孩子念书。如果是头脑不好的孩子就算了，但是她的儿子头脑这么好，她相信只要稍加督促，一定可以拿全校第一名，更能如愿进入首尔大学，成为医生或法官。只要再加把劲儿，再加把劲儿。就这样“糖果”与“鞭子”交错使用，逼迫孩子念书。

一直到高三，被害人相信孩子的好成绩都是靠自己逼出来的。但是这样还不够，她觉得必须考第一名才行。最高点就在眼前，只要再往前一些，就可以到达目的地，所以她更常鞭打孩子，除了挥舞高尔夫球杆外，还要熬夜训斥儿子，不让他睡觉。

为什么这样做？因为她爱孩子，不想让自己唯一的孩子过社会底层的生活。她认为韩国没有所谓的中间阶层，只有底层和上流阶层，不是甲就是乙。前途茫茫的时代，唯有念书才是希望，如果不严厉一些，孩子将来就无法在社会上生存、立足。“这种程度应该还能忍受”，被害人一边挥着高尔夫球杆，一边自我合理化。

但这并不是爱，她只是将儿子当成自我满足的工具。这是一名自尊心低下的母亲，如果没有一个会念书的儿子，好像走到哪里都无法显示出自我的价值。为了要被称为“全校状元的妈妈”“念首尔大学儿子的妈妈”，她只好严格要求儿子考出更高的学业成绩。因为妈妈很清楚，那些头衔有多么了不起。

这个时代[①]所谓的贤妻良母，是能将孩子送进名校的母亲。一个母亲做得有多好，是由孩子所念的学校决定的。如果孩子一个接着一个挤进首尔大学，母亲就能获得大众媒体的关注，变得有名，甚至可以出一本能进入畅销排行榜的育儿家教书。

即便对家庭生活漫不经心，冷落了先生，也没照顾好父母，但是只要小孩会念书，她做的一切都可以被原谅。于是母亲花心思逼小孩念书，拼命送孩子进入名校，这样一来她

① 作者在这里特指韩国社会。

就能受到肯定，被称赞为“很会照顾孩子的好妈妈”。不过要是孩子无法进入名校，仅是因为这一点，她就会被质疑“对家庭疏于照顾”。

这位母亲应该也是希望能受到肯定。为此她不惜离婚，甚至置孩子已经患病的心理状态于不顾，更加坚持要他考第一名，而且必须进入名校就读。因为一旦孩子无法实现目标，自己的人生就等于完全失败。但如今我们却看到，这位可怜母亲的人生以彻底失败收尾。

儿子在犯罪事实被揭发，要被刑警带走的那一天，注视着爸爸说：“爸爸，不管发生什么事，您都不会抛弃我吧？您会陪在我身边吧？”

渴望被父母所爱的孩子，换来的却是身心创伤。究竟是谁将石块掷向了孩子？未能抓紧孩子伸出来求救的双手，难道不是我们大人的错吗？

我可以在这里死吗？

春天来了，却是春寒料峭，冷风依然刺骨。这次的现场是一个半地下的独立房间，我们整理遗物的时候，屋主老爷爷一直守在那里谈论这位过世的老奶奶。老奶奶的儿子站在旁边静静地听着，女儿则不停地哭。

他说老奶奶会在一楼的大门前摆张椅子，然后坐在椅子上晒太阳。老奶奶每天有一半的时间是这样度过的，一边晒太阳，一边读书或是安安静静地闭着眼睛。

短暂的静默之后，儿子开口说话了。

“我跟母亲说过要陪她，但是她极力反对。虽然母亲否认是怕我们不方便，一直找借口说住一起她会不自在，其实真正的原因是她担心自己变成孩子的包袱。”

儿子终究无法说服母亲，所以帮她准备了一笔能够租赁一间小型包租房的钱，不过母亲却找了一个收月租的房间。母亲说剩下的钱她会好好保管，等过世时会还给儿子。

这位担心自己会成为子女包袱的母亲，死因是急性低血糖导致的休克。能不需要子女看护，而且是突然身故，或许这样的结局会让老奶奶对上天心存感谢吧。

“我真是不孝子。”

儿子面色忧郁，几度自责。

老奶奶的屋里只有几件必要的家当，可以说是相当干净，所以一下子就整理好了。我们把琐碎的杂物先拿出去，最后只剩下一个衣柜。就在一名公司员工准备把衣柜搬出去时，他发现抽屉底下好像放了什么东西，于是喊我过去看。

那是寿衣，不过袜子摸起来似乎是有什么东西在里面，我掏出来一看，原来是个信封。我把信封交给儿子，儿子打开信封，看完后一句话也说不出来。

“哥，怎么了？”

儿子将信封交给妹妹，妹妹把信封里的东西拿出来。里面有一张两千五百万韩元的支票，还有一张看起来像是兄妹两人念小学时的照片。亡者不知有多少次翻看抚摸，让这张照片因已沾上手垢而变黄。

儿子咚的一声瘫坐在那里，接着放声大哭。原本只是流着泪的女儿，也开始哭出声音。

屋主老爷爷叹了口气。

“看起来她是想让子女能够比较容易找到，所以放在寿衣的袜子里……第一次见这位老人家时，我心想怎么会有人独自来看房子，而且还是个衣着干净的老太太。她来看房的当天就签约了，几天后搬过来时，我下楼去看她搬得怎么样了。

“当时她静静地问我：‘我年纪大了，有可能过不久就会到另一个世界……请问我可以死在这里吗？’

“我们这种老人都一样，不管是现在死、以后死，都希望最好是在睡梦中走，对不对？所以当时我也没有多想什么，就回答‘可以’，但是没有想到她会这么快走……”

在老爷爷说话的过程中，子女的哭声已经慢慢变小，但眼泪始终没有停歇。在稍微镇定些之后，儿子开口说话。

“老爷爷，我们会好好整理，连壁纸和地板都会重新铺好，对不起……”

“不需要，我已经跟你妈妈说得很清楚，她可以在这里住到过世。只要把行李带走就好，早点回家吧，壁纸和地板等以后有人搬进来时再贴就可以了。”

“不能这样，我们会全部处理好的。”

“呵呵，我说不需要了，快点回家吧。我年纪也大了，一直站着，觉得有些疲倦。”

老爷爷再次摆摆手说："回去吧，她没有积欠房租，租约还没到的部分我也不打算收租金。保证金还有剩余，我会让我女儿汇给你们。金额不少，把银行账号抄给我后快回去吧。"

老爷爷转过身向外走，同时像自言自语般低语。

"我答应她可以的……"

春寒也悄然退散了吗？我们打扫结束出来一看，刚才刺骨的冷风已经减弱，阳光开始变暖，不知不觉春天已经来到。

思念引发的『中毒』

在这个现场，我第一次碰到堆了这么多东西的屋子。虽然清理过好几个垃圾堆积如山的现场，但这次堆的不是垃圾，而是新物品。

首先映入眼帘的是陈列柜里成排的各式洋酒，我心想这应该是一位品酒专家。不过我在屋里没有看到喝完的空瓶子，而且洋酒当中没有半瓶是打开过的。

还有一件奇怪的事。亡者是独居的男性，但是房里却摆满了女性的化妆品。还有像牙膏、牙刷、洗发水、洗洁精等各种生活必需品，每一种都各有好几十件；杯子也是从咖啡杯到酒杯、塑胶杯、马克杯，应有尽有；碗盘和做饭工具更是种类齐全。

屋子里塞满了上千件各式各样的物品，难以一一列举。

由于都是包装尚未拆开的新品，在例行做垃圾分类的过程中，不免觉得有些可惜。我问亡者家属，有些东西需不需要带走，因为只要拆开包装，东西还是可以用的，不过亡者的儿子却断然摇头。

“请全部丢掉。”

他的表情像是牙齿正在打战，我不打算劝他，所以就继续整理，这时他不知和谁打起了电话。

“完全没变，大概堆了几千件东西，我交代全部丢掉。带走干什么？我们是乞丐吗？又不是用自己的钱买的，我不想带走那些东西。”

通话内容听起来有些奇怪，于是我走上前换个方式询问他。

“往生者是从事物流行业的吗？”

亡者的儿子一下子说不出话来，有好一会儿没开口。正当我要继续整理时，他终于开口说话。

“是偷窃癖，很严重的偷窃癖。好几次被送到派出所，不过幸好都遇到了好人，所以至今还不曾进过监狱。”

家属心中藏着许多故事，不过他们通常不会先开口。但是只要向他们问出问题，他们就好像在等待这一刻般开始倾吐心中的话。

“爸爸有严重的偷窃癖，我每次都要去派出所把他领回来，还要不停地道歉，一再祈求对方的原谅。”

亡者儿子用悲伤的眼神，慢慢环顾屋内。

“他在建筑工地做事，我一直以为他是下班时绕路去超市买日常用品回来。母亲在当保姆，我也有工作，全家都忙到只能在晚上短暂地碰个面。有一天我突然发现，家里的东西开始越堆越多，甚至出现了我们不需要的物品及平常不喝的酒。虽然觉得奇怪，但完全没有想到会是父亲偷回来的。哪有儿子能想到父亲的嗜好是偷东西呢？”

或许是因为想到过去而心痛，儿子忽然瘫软地坐下，开始擦拭眼泪。

“有一天我接到派出所打来的电话，说父亲偷东西被超市老板抓到，现在人在派出所。当时我感到有如晴天霹雳。直到那时，我才将过去觉得奇怪的事想清楚。原来他有到处偷东西的癖好，我只好去派出所向超市老板道歉。老板对我说：‘这位叔叔每天来，却没买任何东西。我就特别留意观察，这才发现他偷东西。’我不停地道歉，却无法告诉母亲这件事。”

儿子擦干眼泪，说话时的表情再度恢复冷静。

“我答应结算父亲这段时间带回家里的商品金额，把钱还给老板，同时向他道歉，希望他能原谅父亲。不过我常常在想，如果父亲当时受到惩罚的话，我是说干脆让他进监狱的话，或许反而可以治好他的偷窃癖。”

“您和您的父亲聊过吗？”

“我们聊过不止一两次，我也曾试着拜托父亲，还对他发过脾气，甚至哭着求他。碰到这种状况时，父亲会答应我不再偷东西，而我也相信以前的父亲回来了。可是其实什么都没改变，最后连母亲都知道了。母亲受到的冲击很大，她还说要一起死。尽管如此，情况依然没有好转，他的偷窃癖不是我们的力量能改变的。

“最后父母两人离婚，我和母亲一起住，就这样大概过了三年。在得知父亲有偷窃癖之前，我们家算是低调的小康家庭。父母认真工作，我也是为了将来经常忙着打工。虽然房子不大，但至少我们还有个家，只要父亲不做那种事……”

他再也说不下去，站在原地沉默一会儿之后，就垂着头往外面走。

儿子看起来差不多二十五六岁。我大概算了一下，他父亲的偷窃癖似乎是从儿子高中毕业后开始工作时发作的。虽然夫妻最后离婚了，亡者的偷窃习性却还是无法改变，反而更加恶化。不过如果是和家人一起住，应该还不至于恶化到把偷来的东西放在家里，并且堆得像超市仓库一样的程度。

我记得以前曾经在电视上看过精神科医师的分析，偷窃癖是精神疾病的一种，起因是缺乏爱。渴望被关心和孤独感常会发生转变，并以抽动障碍或囤积强迫症之类的异常行为表现出来，偷窃癖也是其中的一种。

亡者生前是孤独的。在儿子毕业以前，在他还是一个三口之家的一员时，太太还会每天煮晚餐，全家一起吃饭的时刻虽然短暂，但至少可以亲密地聊聊天。等到儿子毕业开始工作以后，太太也经常忙到很晚，所以亡者下班回到家时，迎接他的就只剩一个空荡荡的屋子。

亡者不想回到没人在的家中，但是不会喝酒的亡者又无法融入下班后的同事聚会，所以只好每天下班后不回家，跑去超市闲逛。

他在刚开始时可能没有这样的意图，只是偶然间浮现出偷窃的欲望，而且意外地发现这股欲望很容易被满足，于是偷窃的行为越来越大胆。明明知道是错的，也知道被发现后可能要被关到监狱里，但他偏偏无法停手。在超市老板面前丢脸，被送到派出所，被孩子知道后的羞耻，甚至落到离婚的下场，这些还是改变不了他的这个习惯。

因为他只有在偷窃物品时才能忘却孤单，只有当家中堆满物品时，才能填补空虚的心。不过人的内心绝不是物质所能填满的，孤独带给他的痛苦过于巨大，使他最后选择结束自己的生命。

得知丈夫有偷窃癖而大受打击的太太，曾经说要一起死，如今先生先一步结束了自己的生命。这是在亡者离婚三年、偷窃癖开始发作六年后发生的事。

假使亡者或他的家人能意识到偷窃癖需要治疗，这样的悲剧或许就不会发生。如果他们能将自己、将丈夫及父亲视为一名心灵受伤的患者，而不是盗窃惯犯，能在亡者“中毒”更深之前先积极治愈他的偷窃癖的话，或许他就不会陷入想要寻死的绝望困境之中，而家人也可能恢复对他的爱，不至于怨恨他、排挤他。

游戏、智能手机、购物、饮食、酒、社交、赌博……很多人习惯沉迷于某种事物过日子，任由心理疾病缠身，却没有意识到这种“中毒”现象是必须接受治疗的心理重症，韩国社会对心理疾病患者的理解与支持的努力也不够。

对于心理健康问题，大家并未深入了解过患病原因是什么，我们只关注患病者的表面症状便予以判断及责难。还有人认为，有的老人家清晨醒来得依靠拾荒过日子，所以只有那些吃饱太闲的人才会染上心理疾病，把心理疾病看成是内心脆弱的人在衣食无忧的生活下所得的病。

回想一下，有时我也会这样。在现场听到亡者的故事时，可以充分理解他们的生活有多苦闷，可一旦工作结束回家之后，一听到太太喊累，却又经常对她冒出“吃饱太闲”

这种话。

死亡的本质在于它无法配合我们的时间计划发生，它的来临不分周末，也不分早晚，这是工作上让我觉得最吃力的地方。而我的太太在我缺席家庭事务时要照顾两个孩子，安顿家里的一切，还要独自照顾夫家和娘家，也是相当辛苦。太太的唠叨是在诉苦，要求家人能一起分担家中的工作。可是我只想到自己很累，却没有去理解太太的辛苦。

亡者和家人的情况也是一样。为了追求更好的生活，家中每个成员都在各自的岗位上努力，却无法理解彼此的痛苦。家人不了解亡者因为孤单而日渐加重的心理疾病，亡者也不知道家人正因为自己的行为而承受着痛苦，最后的结果就是彼此无法相互了解。

把孤独当作朋友

时间在这个家里完全静止了。被岁月尘封已久的旧报纸，轻轻碰触便像沙堡般倾倒一地。

关在家里的三十年当中，精读新闻成了亡者最重要的工作之一。因为这是他了解外面世界如何运转的唯一通道，而且报道与报道之中，也隐藏着他的居家软禁何时能解除的暗示。

然而，当他真的解禁时，他却无法踏出家门半步。问题出在如今已经八十岁的他，太过熟悉被软禁的生活。

我通过好友介绍认识了亡者的侄子，他目前担任首席法官，委托我们整理叔叔的遗物。亡者过去也曾担任首席法官，后来因韩国政权交替遭到居家软禁。这是个大家一听就能猜到的政法世家。

然而，律师的身份及首席法官的经历并不能改变他被世界遗忘的事实，他变成孤单一人。他没有结婚，也没有办法组成新的家庭。这个世界忘了他，亲戚和兄弟也渐渐忽略他的存在，最后连他都忘了他自己。这里的时间已经在三十年前完全静止，如今连残留的痕迹都要清除，这就是我的工作。

当清扫快要结束时，我接到朋友的来电。我对朋友说明了状况，接着问起心中的疑惑。

“居家软禁都解除了，为什么还继续一个人独居？”

“谁会和他一起住？兄弟都老了、死了，侄子们有可能照顾他吗？现在的人连自己的父母都不肯照顾。”

“确实是。”

“他是隐居式的独居。完全不出门，只待在家里。引颈企待的居家软禁终于解除了，结果却又陷入自我的拘禁。”

千变万化的世界，对八十岁的老人来说是很恐怖的，亡者只好隐居终老。被世界遗弃，连亲人也不闻不问，我想任谁遭遇这种事都无法承受。因此他不再外出见人，而是选择在家中孤独地死去。

孤独的人真的很多。我每天工作的现场，所住的大多是孤独的人，这正好说明了这一点。但孤独者的故事不一定都是悲伤的。

亡者是大楼的警卫，还会写诗，用来写诗的笔记本有数十本。

“他似乎很喜欢写诗。”

我问站在一旁监工的委托人，听说这位也在同一栋大楼当警卫，是亡者的同事，也是朋友。

“嗯，他心地善良、诚实，又容易心软，从来没有对他人说过‘不’，平日也是个守法的人。每天都看到他带着不同的诗集在身边，认真地阅读，有时还会写诗。但是这些我都不关心，每天只会对他唠叨。我叫他趁年纪还轻时，赶紧琢磨娶老婆的事，写那些诗有什么用？”同事说到一半停了下来，然后用手背拭去泪水。

“只要一领钱，他就去买诗集，不然就是买笔记本，还有领露宿街头的游民[①]回家，给他们煮饭吃。”

“露宿街头的游民？要是一般人，可能会嫌他们脏，根本不愿意带回家里。他真是了不起的人。”

“还不止一两次。三天两头就有大概十五个游民挤到他家里，等吃完饭才走。为了这件事，管理办公室已经找他谈过好几次了。不过他不理睬，还是把这些游民当成朋友，继续让他们来家里吃饭。”

这里是很多人上班及居住的商住两用大楼，住户看到有

① 此处的游民指露宿街头的无家可归者。

一名游民进出就会皱眉头了，更何况是看到一天拥进十五名，他们当然会不高兴。

“他的身体不好，叫他去医院看一下，他老是说自己没事。把去医院看病的钱省下来，然后拿那些钱煮饭给游民吃，看了实在让人心急，后来我就不想再管了。不过那几天他没有来上班，也联络不上，我应该早点来看他才对……无论是他的家人还是各类亲戚，一个都找不到。朋友除了我之外没有别人。如果不是有那些露宿街头的人来，他的遗体告别仪式都会空荡荡的。那些被他请吃过饭的人，不晓得是怎么知道他死的消息，全部都跑过来了。”

“您是说告别仪式吗？”

“嗯，一看就知道是游民。他们一大群人拥进来，起初告别仪式场所的员工以为他们是来找东西吃的，不肯让他们进来。后来他们一直求情，说不会吃任何东西，只要让他们进来就好，还说亡者没有家人，不能连最后一程都让他孤单地走。装扮一看就是长期露宿街头的样子，但不晓得他们在来之前跑去哪里盥洗过了，头发和脸都洗干净了才过来的，这样的人大概有三十个。”

“三十个人？”

“是啊。他的薪水只有一百多万韩元，再扣掉房租，还有水电，就剩不下多少了。如果能多为自己的身体着想，还会落到今天这种下场吗？跟他说了好几次也不听，把钱拿来煮饭给游民吃，然后自己在那里受罪。”

“后来游民都被请出去了吗？”

“他们向告别仪式场所的员工请求后，就被允许进去了。他们一窝蜂进入告别仪式现场，一句话都没说，安安静静地坐在那里。不过毕竟是来吊唁的宾客，还是得招待他们用餐，他们却说不用。他们说向来都是他请他们吃饭，不能连送他最后一程，都还想着吃。他们哭着说每天厚着脸皮去找他要饭吃，该死的人是自己，结果却是不该死的人代替他们死了。”

亡者的同事讲到这里，不由得长长叹了一口气。

“他们都像死了般异常安静，没有半个人喧哗，也没有半个人打瞌睡。隔天就要火葬，因为没有亲人来，这些人又一路安静地送他到火葬场，然后就无声地四散开了。”

泪水瞬间在眼眶里打转，我什么话都说不出来。

“一个善良的人，游民的遭遇也令人同情，唉！”

一个善良的人。是的，亡者相当善良，同时也是个孤独的人，只要看他写的诗就可以感受到这点。不过他应该不是觉得游民可怜，才掏出微薄的薪水请他们吃饭，他的善良已经让他感受不到何谓“可怜”了。

亡者就只是招待朋友吃饭而已，不是吗？有客人来家里时，我们会烧开水泡茶，削水果，煮饭、煮汤请客人吃，每个人都会这么做，亡者也是一样吧。

游民就是来到家中拜访、欣喜相遇的朋友。大家一起分享当天生活的点滴，一起坐在电视机前面看足球实况转播，然后一起煮饭吃，是可以自在相处的朋友，也可以一同化解彼此的孤独。所以亡者即使花掉大部分的薪水，也不觉得可惜。

接纳弱势者的善良之人与惦记恩情的露宿街头者，我们若只从狭隘的角度看待他们之间的关系，却没有看到他们之间的友情，那是因为我们的生活中已经不再懂得分享这样的友情。

在爱情和友情当中，如果只计较对自己是得或是失，然后只打电话对有出息的朋友嘘寒问暖，对生活困顿的朋友则不再联络，也不把对自己毫无助益的人当朋友，在这种人际关系之下，我们当然就无从了解亡者与街头游民之间的友情。

在别人的眼中，亡者是没有亲人、朋友的孤独者。他从事警卫的工作，是个寂寥度日、年纪不小的单身汉。的确，亡者原本相当孤单，但是因为有了朋友可以化解孤独，所以人生的最后一程便不再孤单。

这让我重新审视了自己在生活当中与周遭人之间的关

系。有人说过，所谓“友情”是一种“可以分担彼此重担的关系”。我们不正是为了可以相互依靠、共同经历这险恶的世界而存在的吗？

第二章

如果当时
珍惜最珍贵的人

抵抗现实的勇气

到死之前都还在为生活孤军奋斗的年轻人，他们最后一刻停留的地方多半是一个被称为“小套房”或“K 书房”的小隔间。

这次的现场就是一间小套房。那一层住了很多人，屋主拜托我们清理时能安静一点儿。一方面，他担心会引起现有租户的抱怨，因而显得战战兢兢；另一方面，他害怕消息一旦传开，就很难再找到愿意入住这间小套房的房客了。对屋主来说，最害怕的就是这种事。

亡者是上班族，他走的时候没有穿制服。制服上通常都会绣公司的名字，只要在公司网站搜寻相关信息，我们马上就可以了解他曾经发生了什么事。

到了现场，我发现这里苍蝇很多。大楼入口、楼梯间、二楼走廊、天花板，到处都趴满了苍蝇，房间里就更不用说了。墙壁和天花板全都是黑的，尸体大概在这里放置了四周之久。看来不只是房间，就连整栋楼也都需要进行防疫、消毒和除臭。

首先，我们在房间里喷洒大量的杀虫剂。杀虫剂不只可以杀苍蝇，就连人闻了也会几近窒息，所以我们一喷完就赶紧关上房门跑出来。大概过了十分钟，我们再进去看，除了仅剩的几只外，几乎所有苍蝇都掉落在地面上发出嗡嗡声。如果是用扫把清扫，苍蝇的身体在毁损后可能会发出恶臭味，所以我们用吸尘器将苍蝇全部吸进去。但是苍蝇实在太多了，吸尘器吸满后需要清空再吸，又满了，又清空再吸，我们就这样不断重复了很多次。

把苍蝇全部清理完之后我们开始打扫，这时我看到桌上放着一张高三复读补习班的上课证。照片中的亡者看起来应该有二十岁，脸上充满了稚气。

此外，我还看到机械工程学的相关书籍、电气相关资格证的考试用参考书，他的书桌前则贴有一行文字：

“韩国电力公司新进员工 ×××。”

看起来亡者的目标是先考进大学的机械工程系，然后再考相关资格证，最后进入韩国电力公司工作。他目前虽然还在复读，但已经将大学的专业书籍和考证照、参考书都买好了。我从这些东西上可以看出亡者心中殷切的期盼。但他既然有如此明确的目标，为什么又在年仅二十岁的时候就选择了死亡?

我带着各种思绪着手整理抽屉，从里面找到了一件绣有咖啡店标志的制服，这应该是亡者打工时穿的制服。我的心中浮现出一个想法：亡者的生活担子并不轻。如果真的想考进理想的大学，一整天的时间全部拿来念书可能都不够，更别说还要赚钱。究竟是什么原因让时间如此紧迫的他离开家人独居，他的三餐都有正常吃吗?

我年轻时也曾经在补习班待过一段时间。退伍后我就马上到首尔，从销售到泊车人员、代驾，甚至土木工，全部都做过。在当代驾时碰到同辈开高级车，自己会感觉非常落魄。在那段日子里，我经常能闻到楼下餐厅传来的菜香，这香气原本应该让我很兴奋，但我却因为囊中羞涩，只买得起一条紫菜饭卷，有时甚至挨饿度日。

一想到这个年轻人所过的生活，就不禁让人产生同情。他还没当过兵，不仅要工作，还要准备大学入学考试。一边要养活自己，一边同时准备考试，这绝对不是一件容易的事。

想达成目标，首先必须考上大学。考上大学之后，他还要取得对就业有加分作用的职业资格证。此外，他还要上英文补习班，最好是能再出国留学一下。当然，TOEIC[①]也必须拿高分。

亡者白天窝在补习班念书，晚上要打工，下班回家就瘫在床上，就这样日复一日。会不会直到某一天，他突然觉悟那些目标根本是不可能实现的？

考上公营机构[②]是不容易达成的目标，但这真的是他自己内心期盼的奋斗目标吗？是否因为这是别人眼中的一份稳定工作，所以才把它当作目标，而不是因为自己真的喜欢那份工作？这就好像童话故事的结局总是说“王子与公主永远过着幸福快乐的日子”一样，近年来年轻人的梦想似乎也如出一辙，他们都希望“自名校毕业，进入大企业工作，买间属于自己的房子，然后有个和乐的家庭”。韩国社会正用一个固定的框架塑造年轻人的模样。

我又再次回想起自己年轻的时候。因为当时没有稳定的职业，有什么工作我就做什么来谋生，后来因为老朋友的死，才偶然踏入殡葬礼仪师这一行。那时还没有“礼仪师”这个称呼，这项工作属于作业条件恶劣的行业。如今担任殡葬礼仪师之前都需要先接受系统性的教育培训，可是在当

① TOEIC（Test of English for International Communication）即托业，国际交流英语考试，由美国教育考试服务中心设计考题，考试内容包括听力与阅读、口语与写作。

② 公营机构是韩国政府直接或间接控制管理的机构。

时，我工作的第一天就要直接到葬礼现场擦拭遗体，帮遗体穿上寿衣。一开始光是站在遗体前，我就怕到不停地发抖，一直到经过了一段时间后，我才慢慢接受这项工作。

虽然从事擦拭遗体的工作经常被人指指点点，而且领的薪水非常微薄，但我还是很认真地做。我并没有“要成为最顶尖的殡葬礼仪师”或“将来要创业”之类的远大目标，也不是因为觉得做这份工作有什么深远的意义，我只有一个单纯的愿望——希望能用双手将亡者整理干净，送他们最后一程，所以每天都在默默地认真做好分内的工作。

就这样过了五年，我成了这个领域最年轻的事务长，创业的机会也同时找上门来。回想起当年一顿饭只吃一条紫菜饭卷，其他什么都不敢想的补习班生活，现在的公司规模虽小，但我至少已是一家公司的老板，比起从前也算是有了一番成就。

坚持到最后才是胜者，这句话向来是真理。即使最初的目标一时无法达成，但只要坚持下去，自己该做的事总会清晰浮现，而且终究有机会成功。只要坚持到最后，就能等到那一天。年轻人只要找出现在能做的事，认真投入，慢慢地就能看到前方的路——那条属于自己的路。

我当然知道这当中的辛苦，但累的时候只要想想我们所珍视的人，自然就能产生一股力量。我们所珍视的人会对我们说些什么？进不了大学时会指着骂我们笨吗？会嘲讽着说找个好工作是没指望了吗？

不，不管是谁一定都会这么说的：“进不了大学又怎么样？进不了韩国电力公司又怎么样？一定要进去才能幸福吗？年轻本来就是要吃苦，我们不是正年轻吗？再过一段时间，生活就会好起来的。加油！坚持到最后。”

不见人影的儿子

大部分的子女都无法进入父母孤独死亡的现场，因为心中会产生一股抛弃父母的罪恶感，还会不断想起父母把自己喂饱穿暖的养育恩情。

然而，他走进来了，这是一名看起来三十出头的年轻人。

亡者的形体已经腐败到无法辨识的程度。

“我在首尔上班，无法常来看他。因为电话一直没人接，就跑来看……父亲好像是在睡梦中走的。”儿子平静地叙述。

“房里铺着棉被，棉被底下还有电热毯。电热毯那个时候一直开着，我看到后赶紧去拔掉插头……”儿子说，“差一点儿就烧起来了。”

说真的，没有发生火灾是不幸中的大幸。

我对亡者的儿子说明整理的简要步骤，他说他了解，还问能不能在旁边看我们作业。我回答说可以，同时帮他准备好口罩。他似乎明白为什么需要口罩，一接过口罩后就立即戴上了。

口罩除了可以阻隔恶臭味外，更重要的是避免病毒经由呼吸道感染人体，所以非戴不可。不过在处理现场的过程中，我们有时会因为戴口罩太热或流汗而觉得闷。创业初期的我偶尔会在处理到一半时将口罩拿下来，不过那时候只有自己一个人，如今在员工面前我绝不会拿下口罩，因为怕员工学我把口罩拿下来后意外受到感染。

如同平常一样，我们会从亡者躺的位置开始清理。正当我们准备将棉被折好装入箱子里时，一些腐败物质就像还没拧干的衣物滴出的水般，不断掉落。

通电时的电热毯已经发烫到几近燃烧的程度，亡者就是在上面结束了他的一生。热气更加速了遗体的腐败过程，整个电热毯都被油脂浸透了。

我想把电热毯迅速处理掉，这时却发生了一件令人吃惊的事，我们看到地板上竟然铺满了面值为五万韩元的纸钞。突然间，亡者的儿子紧张地跑出去拿脸盆进来。我不知道他想做什么，于是停下手边的工作看着他。

好像生怕被谁抢走一样，亡者的儿子惊慌失措地把钱装到盆子里。他连手套都没戴，纸钞上沾满了油脂，但他完全视而不见，手也没有任何感觉。

只要再等一会儿，我们就会把这些纸钞拭净消毒转交给他。我实在不理解，他为何要急于一时，亲自徒手去收拾。

这么多张纸钞铺成约一个电热毯的大小，总金额有上千万韩元。儿子捧着装满纸钞的脸盆瞬间消失在门外，一句话都没说，包括“辛苦了”这句常听到的招呼语。

我不禁叹了口气，难道他要求跟着进来看我们作业，只是因为这个理由？

亡者儿子的眼中看到的就只有钱。他的眼里、脑海里、心里没有孤单面对死亡的父亲，对于长时间睡在发烫电热毯上的父亲没有罪恶感，也不考虑父亲把纸钞铺在电热毯下方的心情。

如果不是为了儿子，亡者为什么要把上千万元的纸钞当成宝物一样，藏得如此隐秘。即使预感到自己将不久于人世，他还是不肯开暖炉，睡的时候只靠一个电热毯取暖。

虽然当天的现场全部清理完毕，我的心里却有几分苦涩。我带着复杂的心情离开现场，而亡者的儿子则是直到最后都未再出现过。

所谓生命，是战胜命运之沉重

有一次接受委托去现场，迎接我们的是刚满二十岁，看起来稚气未脱的女生。她郑重地问候我们，并介绍自己是亡者的朋友。而委托人，也就是亡者的父亲并未现身，听说是要待在太太身边照顾她，因为太太听到女儿的死讯后昏倒了。

她用颤抖的声音说：

“我试着整理遗物，但……终究做不到。”

我和亡者的朋友一起开门进到屋里，整间房子弥漫着血腥味，不过没闻到尸臭，看起来应该是刚死亡没多久就被发现了。从雅致的客厅、厨房，到房间里的床铺，到处都有鲜血，显得狼藉不堪。

亡者大概是拿刀割了手腕。我记不清何时听救护人员说过，割断动脉会引起大量出血，而且极度疼痛，会痛到让人在屋子里到处奔窜。以前有一位亡者是上吊自杀的，但是手腕留有疤痕，经调查发现他曾经割腕，后又因为过于痛苦自行叫救护车急救治疗。割断动脉者的死因都是出血导致的休克，只要在休克前实施急救，就有机会救活。

连最痛苦的自杀方式都能忍受，亡者求死的意志竟然如此之深？虽然选择死亡是因为活着痛苦，但割腕自杀时的瞬间痛楚终究难以忍受，所以才会有很多人尝试选择吃安眠药等其他方式求死。当然，也有人说，为何不干脆以寻死的勇气来求生呢？

“我好像应该把遗物转交给朋友的父母……”

她的声音再一次颤抖。朋友的死，应该带给还年轻的她莫大的冲击吧，尤其是要目睹前所未见、将来也可能不会有机会接触的残酷现场。她在满是鲜血的现场整理遗物，并准备把这些遗物转交给亡者的父母，我能感受到她重视朋友的心意。

我们先拿出房里的床垫，接着清洗血痕。待清理完毕，我把亡者的朋友叫进房间。她小心翼翼地走进来，仔细环顾四周。

“现在应该可以了。”我告诉她。

“谢谢。”

用微弱的声音道过谢后，她开始打包朋友的遗物，包括几件衣服和照片等。我走到客厅打扫，听见房间内传出她哽咽的哭声，大概是不敢相信朋友真的走了。我拿了纸巾走进去递给她。

“她已经去了一个美好的地方，请节哀。”

或许是感受到了我真诚的慰问，原本的呜咽声慢慢停下来，她终于开口说话。她和亡者在中学就认识了，用近来流行的话形容就是“闺密”。她们一起上了同一所高中，到了大学还是念同一所学校，两个人的友谊可说是情同姐妹。

朋友一毕业就踏入职场，朋友的父母担心女儿上下班太累，就在公司附近为她租了房子，也就是这间公寓。她还有一名交往许久的男友，双方父母彼此熟识，两人也已经论及婚嫁。

在朋友入职后的一个多月里，她经常联络不到朋友。由于这是朋友的第一份工作，她猜想朋友可能是忙着熟悉业务，所以没有空。可是又经过一段时间，朋友似乎仍在闪躲，她心中开始感到不安，觉得不能继续这样，所以决定去朋友家里找她。

朋友的脸憔悴了许多，说她头痛欲裂，身体也十分疲倦。虽然去过医院，但是没查出什么特别的病，也没吃什么药。后来又去了一次医院，医生说是因为她刚进公司，压力过大。

有一天，朋友像是受到牵引般，踏进每天回家路上必经的一家算命铺。朋友以前觉得用塔罗牌算运势很好玩，最近却变得很迷信，迷信得不像一般的年轻人。

听算命的说那是一种“中邪”，如果不马上“降神巫”[①]，身体就会一直不舒服。朋友听完之后宛如遭遇晴天霹雳，不停地流泪，哭诉不知以后该怎么办，还一再叮咛她要对自己的父母保密。她只能倾听朋友的哭诉，却什么忙也帮不上。

“我当时应该跟她爸妈说才对，就算她要和我绝交也没关系，这样就不会演变成今天这个样子。都是我的错。”

她眼眶泛红地说着。

知道“中邪”的事之后，朋友常常哭，和她一边讲电话一边哭，见面时也哭，连工作都辞掉了。后来因为身体痛到受不了，朋友终于决定要接受“降神巫”。她把事情的原委告诉男友，男友和她的年纪差不多，因为太年轻，还无法对这件事做出正确的判断。男友听完后极力反对，斩钉截铁地说如果朋友真的接受“降神巫”，那两个人就只能分手。

“中邪”让朋友的身体越来越不舒服，再加上辞掉了条

① 韩国有上千年的巫俗发展史，是一种独具特色的韩国文化现象，巫俗活动时至今日在韩国民间依然广泛存在。接受“降神巫”的人即成为“巫俗人”，在世俗文化之外接受“巫俗文化”。

件不错的工作，还有和比自己还疼爱自己的男朋友分手，她的人生仿佛在一瞬间整个翻盘。这是她以前不曾想象过的事，也是完全失去期待的生活。

要过“巫俗人”的生活，和男朋友分手，让父母失望，不“降神巫”便无法治疗“中邪”，这一切都令她很害怕。

朋友无法做出任何选择，最后只好做出第三种决定。

也许从亡者的立场来看，这是唯一的选择吧。然而，人生中有许多条路，所有的路都有它们的意义。即使孤单辛苦，只要默默前进，最后必能领悟到人生道路的意义。岁月终究会教我们懂得一切，只是她的生命太短暂。

“打电话一直没有回，我跑过来看才发现她已经……都是我的错。”

到底是谁的错？是帮朋友保密到最后的她错了？还是医学上无法解释，却又做出诊断的“巫俗文化”的错？或者，是不能体谅女友内心伤痛的男友的错？

大家都没有错，但大家也都错了。生命有贵贱，这种观念是人为制造出来的，我们都对她的选择有责任。

然而，她也有错。当一名“巫俗人”并不代表生活就此坠入万劫不复，也不代表原本的人生价值会随之毁损。而她却以自己珍贵无价的生命与世间廉价的偏见做交换。这就像是拿世上唯一仅有的钻石去换取路边滚动的小石子，令人无限惋惜与悲伤。

我的工作是整理亡者遗留下来的身后物，这段时间也看过许多没有病痛，却因为悲观而自行结束生命的案例。他们内心的痛苦程度，我无法测度，但是有一件事我可以很肯定地说："无论过着什么样的生活，您都是重要且珍贵的人。"

身为两个孩子的父亲，我把亡者当成是自己的女儿一样，在心中对她说：

孩子啊！来生记得要到一个每个人都能平等受到尊重的世界，而且是个没有悲伤痛苦，能依照自己原本的面貌被爱的世界。

思考过身后事才离开

亡者未婚，是一名独居男性。发现他的遗体时，他的枕边放着一个信封，里面有遗书与七百万韩元。

> 我是因为活不下去而离开，千万不要为难屋主阿姨。如果有什么问题，请用这些钱好好地补偿她。

遗书中也详细写了他做出如此决定的来龙去脉。

亡者原本开公司，因遭到欺诈犯下连自己都不知道的罪，而且必须为此蒙冤入狱度日。他在狱中和一名同房狱友很要好，亡者称呼他为大哥，他借此友谊支撑艰苦的牢狱生活。即使在出狱之后，亡者与这位大哥依然保持联络，在情感上相当依赖他。这位大哥生活潦倒，令亡者同情。他疼惜且信任这位大哥，所以在没有借据的情况下，爽快地借给他两亿韩元应急。

这位大哥很感谢他，刚开始每个月都会还他一些钱，但是慢慢地变得不再遵守约定，而且开始躲避联络。或许是知道亡者在法律上缺乏讨债的途径，这位大哥非但不觉得愧疚，甚至还开始胆大地要起赖来。

可以想见亡者有多么伤心。曾经唤作大哥的那个人，比谁都了解他遭受欺诈而痛苦的过去，结果这位大哥却让他尝到了人生的第二次受骗。如果真心打算还钱，就不可能做出那样的事。

信任是诈骗发生的前提条件。亡者第一次被骗时，诈骗者是自己信任的人，而他对自己碰到的第二个诈骗者甚至更为信任。他因为信任而帮助别人，结果却使他失去金钱和对人的信任，最终失去活下去的意愿。

他应该很恨这位被称作大哥的人吧！不过遗书的内容却令人意外，他在遗书里交代，不要做出对大哥不利的事。即使到了要结束自己性命的时刻，亡者依然在为生者着想，自愿为自己的死负责。他的死亡也因此让人更难以忘怀。

在我的记忆中，还有另外一位类似的亡者。

那是一间已经腾空数日、有些失温的半地下房间，不过我们一走进里面，马上有种明亮温暖的感觉。房间整齐干净，行李陈设简单轻便，全部的家电用品就只有洗衣机和冰箱。不过书架上立满了书籍，餐桌似乎被当成书桌使用，上面摆着笔记本和老花镜。抽屉上面有纸折的漂亮杯垫、玫瑰、白鸟之类的手工作品，这些全都排列得整整齐齐。

住在这里的是一位捡拾废纸的老奶奶。日常生活的担子虽然不轻，但她似乎会利用空闲时间抄书，还会去福利会馆学习折纸。

走进房间，我仿佛亲眼看到老奶奶戴着老花镜一个字一个字地认真抄书。在她的手中，纸张一一化身为杯垫，化身为玫瑰，化身为白鸟，连老奶奶看了都感到惊喜，于是将它们整齐地排列在显眼的地方。这一幕幕清晰地浮现在我的脑海里，老奶奶的样貌是那样的鲜活。

我的心中掀起一阵温暖的涟漪。生命中的每一天都很珍贵，每当看到有人如此认真地度过每一天时，我就会深受感动。这个现场不同于那些一眼就能看出亡者已经失去生命意志、放弃自我的现场，死亡的原因也显然不同。

老奶奶是因为痼疾恶化就医，最后在住院接受治疗时死亡的。这些是我从福利会馆那里听到的，福利会馆与我们公司一直保持联系，主要是为了帮亡故的独居老人处理身后遗物。我们那天也是因为接到福利会馆的电话才赶过去的。

就在我们搬完家具，准备要搬家电的时候，屋主老太太和另一位老太太来了。

“冰箱和洗衣机可不可以放在外面就好？”

“当然可以。只要放在外面就可以了吗？”

“嗯。这位老太太是那位离世老人的朋友，她在住院前曾经说如果发生什么事，洗衣机就让这位老太太带走。冰箱的话就交给收废纸的老先生。”

“太重了，您可能没有办法搬回家，我用车帮您载回去。”

“哎哟，那就太感谢了！”

“可是家电用品怎么只有冰箱和洗衣机，连电饭锅都没有？”

“不，电饭锅和微波炉前几天被住在隔壁的老人家拿走了，她还带走了一件厚夹克。”

原来老奶奶已经预料到自己即将不久于人世，再也回不了家了吗？她并不是说“我死了以后，可以用的东西就拿走吧”，而是“把洗衣机给朋友，把冰箱给收废纸的爷爷，把小家电和冬衣给隔壁的老奶奶”，一切都在自己离开人世之前就具体安排好了。

老奶奶就这样为明天做好了准备。她没有因为失去联络的子女及困窘的生活而失意，也没有懊悔昨日的种种。每天除了清晨起床捡拾废纸、傍晚抄书外，有时间还会去福利会馆学习折纸。她不仅认真过着今天，同时也积极地为明天做准备。

我突然间感到很惭愧，老奶奶的生活态度正好反衬出我“为了明天”却浪费今日、后悔昨日的态度。好在，那天我遇见了这么一位潇洒的老奶奶。

“老奶奶，我会将您为明天所做的准备，传达给其他人的，谢谢您。”

帮忙『搬家到天国』的助手们

遗物整理师的工作虽然辛苦，不过好在有同事们帮忙，我的公司才得以持续到现在。只是在工作中，他们没有做错什么却经常无故挨骂，倒霉时还会被人撒盐，而且没有一次能坐在餐厅好好吃顿饭。即便如此，他们不仅没有抱怨，反而还安慰作为老板的我："就是因为这种工作辛苦，所以才更需要我们啊！"这些人虽然目前还只是公司的普通员工，但我觉得他们真的很了不起。

办公室的全主任第一天来面试的情景，我到现在还记忆犹新。在开公司的第五年，我决定招聘一位负责处理办公室事务的职员。这些工作原本是由我亲手做的，但是有段时间工作繁忙，要兼任实在困难，我和其他同事讨论后决定要再招人。

我们在求职网站上登招聘广告，很多人打电话来询问，我们也找了好几位来面试。但是只要一提到公司的业务内容，大家脸上的表情立即黯淡下来，甚至还有人听完后马上摇头。

有一天，有位三十岁出头的女性来面试。我们只不过是要为这间小办公室找个主任，结果那个人却像是要去大企业面试一样，穿得整整齐齐，而且似乎还去美容院做过头发。那天我刚好在保养现场工作所使用的设备，所以办公室看起来很乱，我穿的也比较休闲，她的郑重让我感到有些不好意思。我们就在一片零乱当中进行了面试。

“我们公司所做的工作，是专门帮孤单死亡、自杀、因犯罪而失去生命的人清扫屋子。”

听了以后，她的表情并没有发生什么变化。

“不会觉得反感吗？”

“啊？”

“啊……我的意思是对这种工作不会很排斥吗？像是会害怕，或是会觉得脏、不舒服什么的。”

“不会啊，我不会觉得怎么样。活着的人比较可怕吧，死人有什么好怕的。”

就在这一刻，我们公司的第一名女性职员出现了。

上班的第一天，她早上八点就打电话给我，当时她人已经到了办公室门口，但门是锁着的。不只是那天，后来她经常会提早一小时，也就是八点就到公司，所以我也必须跟着提早上班。她比其他人早到，工作又勤奋，加上积极开朗的个性，很快就与其他员工熟稔起来。

可是有一天，全主任到九点才红肿着双眼到公司上班。虽然这是原定的上班时间，但是因为她平常都会提早到，所以那天可以说是晚到了。我有些担心，问她发生了什么事，她却回答说没发生什么事。

后来我才从其他员工那里得知原因，原来是她与要好的朋友在前一天发生了争吵。朋友从她来面试的那一天起，就一直劝她不要来我们公司上班。朋友说一个四岁小孩的母亲如果做这种工作，万一招来不幸或惹来灾祸，孩子该怎么办？

吵架的那一天，朋友再次口气强烈地说："你的情况有困难到非到那种公司上班不可吗？就算是为孩子着想，是不是应该去别的地方上班呢？"

两人发生争吵后，全主任回家哭了一整夜，这就是她第二天双眼红肿、比平常晚到公司的原因。

从那天以后，全主任便再也不曾对孩子念的幼儿园或周边朋友提起过公司的名字，因为她担心社会的偏见可能会对孩子造成不好的影响。事实就如全主任所说，所有问题都是活人造成的，而非已死的人。好在她依然坚定地克服周遭的偏见，直到现在仍与我们共事。

办公室里还有其他了不起的同事。有明明怕猫，却不介意现场有动物腐烂的尸体的同事；也有不让须眉，可以独力挥铲子千次的女职员。

有一次我们要去清除弥漫着动物尸体恶臭味的现场，委托人说那里没有其他活的动物，结果我们一到现场，就发现有一只狗和四只猫在那里游荡。我立刻打电话给委托人，他没有接，似乎是刻意拒接的样子。我做好可能无法加收费用的心理准备后就开始了工作。

因为有同事怕猫，所以我们必须先抓住那四只猫，否则他在有猫走动的地方寸步难行。

把猫抓起来后，同事就很放心地去化妆室[①]了。过了一会儿，我们听到里面传出震耳欲聋的号叫声。同事原本沙哑粗犷的嗓音，竟然变得又高又尖锐，那种声音我还是第一次听到。

“怎么了？发生什么事了？”

同事脸色苍白地冲出来，我们问他发生了什么事，他却只是把手放在胸口，呼吸急促地喘着气。

“您怎么了？”

① 韩国通常将厕所称作化妆室。

最年轻的员工也慌张地跑过来关心。

“化……化……化妆室里……猫……猫……有猫。”

我们一进化妆室，就看到一只白猫优雅地蹲坐在马桶盖上。它面无表情，一动也不动。

同事告诉我们，他走进化妆室时看到这只猫先吓了一跳，但因为猫一直静止不动，他就以为是标本，不过还是不放心地继续盯着猫看，而那只猫也依然保持静止。但在某个瞬间，猫的瞳孔突然动了！他以为自己看错了，又仔细盯着看，猫的瞳孔再次转动。这只猫是活的！

这就是他魂飞魄散地冲出来的原因。

另外还有一位了不起的同事，是招进公司要帮全主任接听咨询电话的女职员。因为她对业务不熟，为了能胜任咨询工作，就必须先从现场开始学起。这位女职员才刚进公司不久，就跟着我们一同前往独居者的死亡现场、堆满垃圾的屋子，以及火灾现场，她在这些地方直接动手清理腐烂物质或是清除垃圾等。

那天我们去一处被游民一气之下纵火烧光的建筑。因为现场的范围很大，清理需要许多人力，幸好当时有十位韩国电力公司的员工来支援。在烧毁的物件被拆除完毕后，剩下的工作就是清理堆积在地板上的灰烬。

没有人开口要求，这位女同事就主动卷起了袖子，用塑胶铲子将地板上的灰烬铲入大袋子里。电力公司的年轻人会抓住垃圾袋袋口，由女同事把灰烬铲入袋子，等袋子装满后，再由电力公司的年轻人搬到外面。这时另一名年轻人会拿新的袋子进来，女同事则是一刻也不停地继续铲着灰烬。如果夸张一点儿形容的话，这样的动作她大概重复了上千次。这种状况似乎意味着某些事情正在改变。

那时有位阿姨带了水煮蛋和蒸饺过来给我们当点心，于是我们都放下了手边的工作，一起围坐着吃点心。这位女同事不知是否因为太累而没有食欲，只吃了一点点就坐在角落里休息。

阿姨开口问："那位小姐好像不是韩国人吧？"

这时，我自小埋在骨子里的淘气劲儿突然蠢蠢欲动。

"好厉害啊！您怎么知道的？"

"这种工作韩国女生做不来的。"

"对啊。她对工作非常认真，韩国话又说得很好。"

同事们听到我的话都哈哈大笑。大家笑声不止，阿姨带着狐疑的表情走了出去。

女同事持续跟了一年现场，如今已具备现场各种粗活儿的实操经验，并且与全主任成了公司的台柱。托她们的福，我可以不用分心在其他工作上，只需要专注于现场即可。

因为有这样的同事，我才有支撑下去的力量。为了让他们能安心工作，我希望这个世界对遗物整理师工作的认知可以改变，也相信那一天一定会到来。

我记得殡葬礼仪公司首次在电视上播出广告时，虽然我当时的工作是殡葬礼仪师，但看过广告以后还是感到相当陌生及怪异，可能是因为原本被视为禁忌的内容竟然在电视上播出，所以受到了冲击吧。死亡在过去是需要低调处理的话题，而不是出现在电视上让全世界讨论的事，特别是对于尚未发生的死亡，更是禁忌。

不过如今只要一打开电视，马上就可以看到这一类的广告。因为把葬礼交由礼仪公司处理的情况日渐普遍，相关公司的数量也越来越多。寿衣、告别仪式场所、饮食等事亡者家属都不需要费心，礼仪公司自然会安排，现代人只觉得方便，丝毫没有对此感到奇怪。

希望大家对这件事不再觉得陌生，也期待大家普遍认识到这样的处理是必要的。事实的确如此，由他人来整理反而比较容易吧。如果由家人动手整理亲人独居死亡或自杀身亡，甚至遭凶杀被害的现场，他们就会一直想起亡者的过去，整理的工作将更为艰难，因而交由我们来代为整理，抹去痛苦的记忆。我们是一群帮助亡者“搬家到天国”的助手。

把一切都给了他

某个星期五，我们接收到一个整理现场的请托。

“这是顶楼加盖的房间，屋子里堆满了垃圾。因为屋主星期天要过来，在那之前一定要清扫干净。书全部不要丢，除了书以外，其他东西都丢掉。”

委托人是一名声音略显稚气的女生，她很在意费用是多少，听起来手头并不宽裕。最后我还是决定帮她清理，但只收废弃物处理费用。

我们虽然事先有收到照片，但是到现场看时仍然吓了一跳。其实我们每一次看到“垃圾屋”都会吃惊，很难理解怎么有人能把垃圾堆得这么高，又要如何在那种空间里生活。尽管这个房间很小，但在我们实际作业之后，垃圾量还是多得令人绝望。

而且，这次的复杂状况比之前碰到的更严重。好像是因为委托人养猫的关系，弥漫的排泄物味道令人作呕；袋子里腐烂的厨余也成了蟑螂的食物，其中还夹杂着塑胶包装、纸、瓶罐等垃圾，光是分类就耗费了我们不少时间。屋主来的时候如果看到这番景象，一定会当场赶走租房的委托人吧。

房间原本就狭窄，垃圾又堆得到处都是，我们带来的箱子根本没有地方放。于是我们又拿来许多大塑料袋，在垃圾堆中腾出一个空间，将垃圾往塑料袋里倒。每倒一次，不是散发出猫的尿酸味，就是有腐烂的厨余溅到身上。

我们花费好几个小时的时间，不断地将垃圾分类、倒入，再分类、再倒入，然后由一个人把装满的垃圾袋绑紧后搬出去。这里是住宅密集区域，我们无法叫爬梯车①，而装载废弃物的车辆也进不到这里，所以只能提着垃圾袋从狭窄的楼梯下去，再搬到停在远处的车子里。

当将近一人高的垃圾开始减少时，我们遭遇了隐身在垃圾堆里的“伏兵”——猫大便的袭击，地板上全都覆盖着猫大便。虽然事后回想起来也能充分理解，但是我们在当时却很难不发脾气。

默默清理猫大便的新员工突然开口问：

“主人睡在哪里啊？”

---

① 爬梯车是非消防用的云梯车。——译者注

“还能睡在哪里，当然是在这里吃、睡，猫也养在这里。不然这么多的垃圾是从哪儿来的？”

开始从事这项工作后，我第一次看到堆满垃圾的屋子时，也问过同样的问题。不过垃圾再怎么多，家终究还是家。委托人如果不住在家里，还能住在哪里呢？

清理完地板后，我们开始清理衣柜和抽屉。在这里，我们翻到了一个记事本，打开一看，里面写满了看不懂的标注。

“世界杯 两小时 / SBS[①] 三小时 / 新世界 一小时。”

同事们瞄了一眼后说：

“委托人好像是在 KTV 打工。”

下一页同样也是写着工作地点和时间，收入金额则整理在下方，后来连日记内容也出现了。从上面备注的生日来看，这个女孩子只有二十二岁。照理说这不是需要花大笔钱的年纪，从整理出的物品来看，她也没有大手大脚花钱的习惯。这个在顶楼加盖的小房间租金应该不贵，而她看起来似乎也不喜欢买名牌，除了交代不要丢的书有足足三个书柜之多外，化妆品只有简单的几件，而她事先收拾好的衣服总共

① SBS 是首尔广播公司（Seoul Broadcasting System）的英文缩写，出品的大量娱乐综艺节目和电视剧深受年轻观众喜爱，是韩国人气度、收视率最高的电视台之一。

也只有两袋而已。

在日记里有一段话，看起来像在写信，也像在写日记。

> 哥哥最后还是离开了，把我利用完之后就转身走掉。不过我还是希望他能再回来，向我道歉说对不起，然后乞求我原谅他。虽然我不喜欢自己这样，但是我还爱他。就算他还是会再利用我。

日记还写了很多东西，但我就此合上了记事本。其实一开始就不应该打开来看的，现在更不能再继续看下去了。

看起来这名单纯到有些傻的女生，把在 KTV 打工赚到的钱全都给了这个男生。依照记事本上记录的收入来算，她一个月可以赚好几百万韩元，结果她自己住在破旧的顶楼加盖的房子里，而且除了书之外，几乎什么都没有，生活窘困到连清扫费用都无法全数支付。

即使付出所有，依然担心给的不够，这就是爱情。这个女孩子为无法继续付出而感到焦虑。尽管她明明知道自己以前被利用了，也清楚未来可能会再度被利用，可还是希望男孩子能回心转意，这代表她想付出的心意已经超过了怨恨。

不知为什么，我总觉得她是为了这个男生才去 KTV 打工的。当然这也可能是一种偏见，我只是觉得，她要求我们不要丢掉书，应该算是个爱书人，一个爱书的人似乎很少会去KTV 打工。

这个女孩子在自己的房间里把垃圾堆得像山一样高，连起居空间都放弃了，这就等于也放弃了生活。

有垃圾要倒垃圾，吃完饭要洗碗，家具蒙上灰尘要擦拭，地板脏了要拖地……这些都是不起眼的小事，然而支撑我们日常生活的就是这些小事。当生活的意志逐渐转为消沉时，最先放弃的也正是这些小事。

如果不是屋主想来拜访，依她目前的状况只要再持续一段时间，恐怕就会产生极端的想法。不过幸好她终于下定决心打扫，这是一种意志重生的表现。现在年仅二十二岁的她，正处于热衷于学习和爱情的年纪，衷心期盼她所受的伤害能令她变得更坚强、更成熟。

失去生命意志的时候

“我不知道怎么会变成这样。”一名男性委托人抱歉地对我说。

起因是我刚踏进现场就忍不住作呕，急着退到门外。我从事这项工作好几年了，像这样令人难以忍受的状况还是第一次碰到。情况到底如何呢？因为没有仔细看过里面，目前还无法判断。

“亡者是您的父亲吗？”

“是的，是我的父亲。母亲在几年前过世了。”

他说亡者以前在工地工作了很长一段时间，几年前因为腿部严重受伤，行动开始变得不便。亡者的自尊心很强，不愿意自己就此成为儿子的包袱，所以无论儿子如何挽留，他都坚持要搬出来住。

一开始他经常来探望父亲。由于父亲行动不便，所以他会帮父亲买些生活必需品，也会准备些食物带过来，然后再帮父亲打扫屋子。不过随着公司的业务日渐繁重，他来看父亲的次数也逐渐减少。嘴巴上说要来看父亲，但常常只是打个电话问候而已。

而为了让儿子安心，父亲老是在电话里用洪亮的声音说这个世界进步了，需要的东西可以在网上订购，想吃什么都可以叫外卖，让儿子不用担心。结果来自儿子的问候电话从每周一次变为每月一次，接着变成两个月打一次，三个月打一次，频次逐渐减少。

如果三个月才打一次电话，儿子有可能是在事发很久后才知道亡者已死的事，不过我没有问他。打开门后，他说还会再过来，然后就先离开了。

我们进到屋里，第一件事就是喷烟雾消毒剂和脱臭剂，喷完后再打开门窗，快速安装抽风机。经过脱臭及换气之后，屋内的空气总算达到了堪堪能忍受的程度。刹那间，我突然想起今天有记者要来这件事。

几天前有某家日报的新进记者说想要取材，我告诉他今天有现场作业。记者很早就来到现场，我把口罩拿给他，请他进来。他说想帮忙，还向我要了手套。可是今天的现场连身经百战的我都觉得吃力，心中不免担心他是否吃得消，不过这也算是难得的经验，所以我还是将手套交给了他。

我先环顾一下屋内，里面堆满了酒瓶，瓶身没有倾倒，全部都装满液体直立着。用眼睛看不出是什么液体，我把口罩拉下一些闻闻，呃……又是一阵忍不住地作呕。员工们第一次看到我有这样的举动，大家同时对我投来讶异的眼光。

瓶子里装的是小便，屋里的数千个酒瓶里装的全部都是小便，我无法知道这些装满尿液的酒瓶到底摆放了多久，总之散发出的味道酸臭至极。我怕员工们会马上逃走不干，不敢立刻跟他们说，不过终究还是要开口。如果想处理掉这些瓶子，首先要做的就是清空瓶子里的东西。

“这位亡者行动不便，大概是拿喝完酒的酒瓶来装小便。我们可能要先把小便倒到马桶里。”

一名在公司待得最久的同事自告奋勇。天下有什么事比这更令人感激涕零的？这是当时我心中唯一浮现出的念头。

首先，我们必须找到化妆室。因为怕把酒瓶打翻，我们小心翼翼地走到看起来像是化妆室的地方，然后打开门看。

天哪！怎么会这样？马桶里面的大小便堆得比马桶边缘还高，连地上都是。我顿时觉得茫然，脑子里一片空白。

亡者虽然行动不便，但还是可以自己上厕所。不过马桶不知从何时开始堵塞，他无法自行修理。即便只需打一通电话求助就能解决，他却不想麻烦别人，所以就一直忍着，直至沦落到这种地步。

另一名同事拿过来一个用好几层塑料袋包裹的箱子，一旦箱子装满，就立即把塑料袋的袋口绑紧清理掉。整理到一定程度时，我们开始不停地反复喷药及擦拭，再喷药，再擦拭。等到终于可以打开水龙头清洗时，心里不禁觉得畅快。化妆室的地板虽然最后还要再擦一次，可是比起刚开始时，现在干净得简直像个天堂。

接下来要清空酒瓶，新人记者来到化妆室说："酒瓶我来清理。"

"很恶心的，您可以吗？"

"没关系的，我可以试试。"

我把酒瓶搬到化妆室，记者将酒瓶清空之后，另一名员工再把空酒瓶装进纸箱。在不断重复这些动作的过程中，没有半个人开口。先打破沉默的是负责将酒瓶装箱的员工。

"箱子不够了。"

瓶子实在太多了，我们决定改用塑料袋装，大家再度开始这无言的重复作业。虽然午饭时间一下子就过了，却没有人觉得肚子饿。谁还会有胃口呢？新人记者也不禁摇头感慨，为什么自己第一次采访孤独死亡事件，就碰到有史以来最艰难的现场。

因为酒瓶都是满的，没办法一次拿好几个，加上怕打翻，所以移动时也要特别小心。我们的手和手臂几乎快抽筋了，清理工作才好不容易进入尾声。

“总算结束了！”

我们同时喘了一口气，一边挺直腰，一边一起说出这句话。

“唉！”

不过这不是真的结束，其他房间的打扫才刚要开始而已。之前的现场就算要连续处理三个地方，大概也没有像今天上午和中午这么累。我们只不过把化妆室清扫干净，把酒瓶处理完罢了，该做的事依然多如牛毛。在分配好区域之后，我们又立即开始整理，不曾有片刻停歇。

我原本担心今天的工作无法完成，但或许是最困难的部分已经结束了吧，此时的工作反而显得轻松许多。大家似乎都默契地想赶紧做完，整理工作很快就进入收尾阶段。

新人记者因为有事必须先离开，正当我和员工还在继续忙时，亡者的儿子回来了。看到酒瓶已经清光，他的眼神带着几许诧异，他应该早就知道酒瓶里装的是什么。

“辛苦了！请用吧。”

他把一个像是装有饮料的纸袋推到我们面前。不久前才经历过与酒瓶的艰苦作战，我们现在光是听到瓶子的碰撞声，就忍不住反胃了。

“全部整理完后再用。谢谢！”

亡者的儿子似乎看出了我的心思，略带歉意地说：

“我去前面那家超市问过了，他们跟父亲还挺熟的，早晚都会送酒过来，偶尔也会送拉面。他们说父亲原本并没有到不能走的程度，但不知从什么时候开始他突然无法走路了。超市员工说送东西过来时，看见父亲是爬着出来的……”

儿子继续用哽咽的声音说：

“大概是每天一直喝酒，又不肯走路，所以腿伤就开始慢慢恶化。”

我不知该说些什么，既无法责怪听到父亲声音洪亮地说“别担心”，就信以为真的儿子；也无法说这是行动不便却还坚持独居，最终悲惨结束一生的亡者的错。亡者只是一名不想成为儿子包袱的父亲，而儿子也只是一名每天忙着供子女读书的平凡家长。

对现代家庭来说，如今连全家聚在同一张桌子上吃饭都很困难了。小孩忙着上学和上补习班，父母则忙着工作赚取孩子的学费。一到假日，孩子都外出找朋友玩，父母为了消除平日的疲劳则躲在家里补觉。这种情况能说是谁的错呢？

玩乐、学习、吃穿等方面的需求越大，所花的钱就会越多。父母不分日夜地拼命赚钱，就是想让孩子过上衣食无忧的生活。如果想让孩子以后赚更多的钱，则必须让他们进入大公司；想进入大公司，从小就必须进入收费昂贵的私立学校，长大后还要考进名校才行。

而且，不是只有子女在为远大前程忙碌，父母在工作之余同样也不能充分休息。他们为了提升自我，必须四处听演讲或是上英文补习班。亡者的儿子也只是这个时代的众多求生者之一，他来父亲家一趟往返就要花四个小时，所以无法经常探望父亲。也许他是真的为了生活而忙到抽不出时间，并非对父亲不担忧或不关心。

世界改变了，总不能只有自己还一直停留在过去，难道这个世界会等我们吗？当然是我们要跟着世界改变。

亡者对儿子说过“现在世界进步了”，只要拨一通电话，按几下鼠标，需要的东西都会有人送到家里；思念什么人，用视频通话就可以见到面；就连在驾驶中的车子里，也可以看电视。照顾及教育小孩、做家务等事项，只要肯花钱，再怎么困难和麻烦，都可以找到人代为处理。有了这么多进步的文明利器，生活中几乎没有什么事是办不到的。

只要经济能力许可，就可以过上人人称羡的生活。生活质量受能力支配，跟不上世界变化速度的人将逐渐落伍，进而被周遭的人及家人遗忘，与社会脱节。这样的人会慢慢成为失去自我、丧失生命意志的隐居型孤独者，最后直至凋零，这就是所谓的“孤独死”。

亡者也是在腿部受伤、丧失经济能力后，才开始失去生存的意志。他选择搬到离儿子家两小时车程外的住所，独居后不按时吃三餐却日夜酗酒，也不向任何人求助，这些都不是有求生意志的人会做的举动。

由于强烈的自尊心作祟，亡者难以忍受自己跟不上世界变化速度的事实。从他儿子的角度来看，对失去能力的父亲不承担赡养责任又会有罪恶感。但是儿子还要供养其他家人，自己未来的路也还很长。或许亡者的心里是这样想的吧：自己早点死对大家都是一种解脱。

与外界断绝往来，终至孤独死亡的人越来越多。为什么会变成这样？我知道这个问题很难，不容易找到答案，在此先起个头，让我们一起找出答案。

希望我们所处的世界，是个可以让任何人都具有“求生意志”的地方。

第三章

希望，盛开在谷深之处

戴着人皮面具的恶魔

这次的现场比较特殊，我先给“全国犯罪受害者声援联合会”提供的联络人打了电话，和对方确认好位置之后才出发的。那里是一处集合型住宅，接电话的屋主从里面走出来，脸色看起来不太好。谁家里失火了，心里想必都不好受吧。

我和女屋主一起进到屋里准备进行估价。纵火事件与其他案件不同，必须先写好报价单寄给法务部[①]，等获得许可后才能开始作业。

起火点是一楼靠里面的房子，因电线被大火烧毁，所以无法开灯。在焦黑的灰烬覆盖之下，室内更显得黑暗，让人看不清楚四周。

隔壁的房子也受灾严重。屋子里一片漆黑，灰烬飞散进

① 韩国法务部的韩文表述为법무부。——译者注

入屋内，将空气搅得混浊，残留的烟雾发出阵阵恶臭味。

我们又下去查看地下室，这里在灭火的过程中受到了“二度伤害”。如我们所料，两间屋子的地下室都已经变成一片汪洋。地板已经淹水，天花板和墙壁都被水打湿，壁纸在墙上飘摇，家具和家电因为泡水，可能都得当废弃物处理掉了。这里感觉更像是洪水受灾现场。

因为在完全复原之前这里都无法住人，租房的房客势必要向屋主讨回房租，搬到别处。这种情况下，屋主不仅要承担本人所有建筑物损毁的损失，连房客的损失也必须赔偿。

起火点所在的房子已经完全烧毁，内部装潢必须整个拆掉，隔壁房子及两间地下室则是先进行除臭，然后再清理废弃物及打扫。另外，由于当时火势往上蹿烧，窗户也已破损，建筑物的外墙也被熏黑，四处都有“火神祝融”遗留的痕迹，外墙部分还要找高空作业车辆来清理。

受害状况可以说是相当严重，看起来需要好几台车——载废弃物的 4.5 吨载重量卡车，高空作业用的 1 吨载重量高空作业车，装载清扫设备的 1.5 吨载重量卡车，员工搭乘的 1 吨载重量车辆两三台——才能处理完，但在这里停车是个大问题，住宅区附近根本没有足够的空间可以停下这么多台车。

这里的每一户都有一台车，停车场也常是一位难求。在处理现场的日子里，我们每次把车开到住宅区都要为停车问题而头痛，结果只能把车子停在远处，然后利用手推车搬运设备。载废弃物的卡车为了有地方停车，还得不时地移动。如果我们有十名人力，就一定得安排一个人全天在外面移车。

清理火灾现场虽然不容易，不过这次似乎比平常的状况还麻烦。我大概估算了一下作业规模，又向屋主询问房客们的联络方式，以便向他们即时确认哪些是废弃物品，哪些是需保管的物品。

我事先告诉屋主，只要法务部的许可一下来，现场整理作业就可以开始。

在等待回复的同时，我和一同前往的同事分工，打电话给每一位房客。等物品清单整理好之后，我们接着确认家具的体积，预估废弃物的大小、数量及需要的作业人员数。为了准备高空作业，我们还仔细确认了高空作业车是否能靠近的问题。

此外，我还根据对火灾现场的勘查结果调整了日程，尽量空出两个星期的时间。因为许可一旦下来，清理作业就必须马上开始。还有，火灾现场除了有恶臭味外，灰烬也会四处飞散，使得邻居深受其害，所以我们必须快速作业。这项作业需要许多装备及人力，作业时间也会持续好几天，因此我们在等许可的同时也要做好万全的准备。

几天后，法务部的许可终于下来了，我们再度来到现场。由于作业完成时间不得超过报价单上注明的日期，所以我按区域给员工分配任务，并随时确认他们的作业状况。另外，我还安排一名员工负责整理现场周边，协助确保计划不受耽搁。因为原来的电线和自来水水管全部烧毁，我们尽可能借用最近的电力及自来水，此外这名员工还要处理因为停车而产生的纠纷，万一需要移车时，也要设法寻求对方的谅解。除此之外，找间可以容纳那么多员工吃饭的餐厅，或是应对一下看热闹的人们，这些也全是工作。

附近的居民都认识起火的这户人家，所以有很多人来火灾现场观看。这么多人围观的现场，即使不看“全国犯罪受害者声援联合会”发布的相关公文也能了解大致情况，因为人群中有比公文、新闻更了解事件细节的大妈们。

发生火灾的这一户人家住着一个妈妈和两个女儿，嫌疑人是大女儿的男友，他和大女儿相处愉快，从一年前起就经常在此出入，每次来都会带类似食物之类的东西，把女友的家人照顾得无微不至。

从初次拜访算起大概三个月后，他就几乎住在女友家了。从那时候起，男友就开始慢慢出现问题。他时常坐在房间里熬夜玩网络游戏，甚至连工作都辞掉了。虽然家人对他的行径大感失望，但因为大女儿爱他，再加上她相信男友会再回到以前的样子，所以她说服家人继续等待。

然而男友却不断抱怨，对女友也毫不客气地恶言相向，还对偏袒女儿的母亲恐吓威胁，完全没有改变，表现得越来越恶劣。全家人都希望他离开，经过三番两次地要求，终于把他送走了，母女三人也重新恢复了平静的生活。

但这份平静并没有维持太久。几天之后，男子回来纵火烧房子。上夜班回来正在熟睡的小女儿在床铺上断气；大女儿虽然送进了加护病房，但救回的希望渺茫；妈妈在火海中找到生路，只是轻度灼伤。

查看监控录像发现，镜头捕捉到一名戴帽子和口罩的男子于案发前那几天在社区里徘徊及观察四周。在屋子起火前的几个小时里，男子曾提着汽油桶去过屋子后方的四层透天厝[①]，然后又立即空着手走出来。他确认了可以躲避监视器的路径，事先将汽油桶搬了进去。

几个小时后小女儿回来了，这时母女三人都在屋内，男子进入屋里泼汽油犯下罪行。这个可怕的事件令附近居民受到很大冲击，尤其是家中有年龄相近儿女的母亲们，更是胆

① 透天厝是指整栋建筑物从地上到顶楼的产权都是完整的，即土地本身以及建筑物都是属于同一个人所有。简单来说，自地自建的别墅通常就是透天厝，且通常是三层楼或四层楼的独栋建筑。——译者注

战心惊。

被害人在这个社区住了很长一段时间，社区里几乎没有人不认识这一家人。妈妈个性文静稳重，一个人独力抚养两个女儿，把她们教得品行端庄。全家都是心性正直的美人，母女三人也都相互疼爱，过着和睦幸福的生活。

“当初如果没有认识这名男子就好了。”在现场围观的大妈们不禁感到惋惜。

“那个男人长得斯文，身材又高大，衣着干净整洁，很有礼貌，看起来忠厚老实，很讨人喜欢。在巷子里碰到人都会开口问候，不会走过去不理人。两人好像是交往了几个月，后来他就干脆住到她们家里，这家人大概是有准备把他当女婿吧。大家都觉得这个年轻人不错，也希望他们有个好结局。有人说‘家有三斗粮，不做入赘郎’，可是这个男人好像决心连丈母娘和小姨子都要一起照顾，真是难能可贵。只是没想到从入春开始，就常听到他们吵架的声音。这么多房子密密麻麻地排在一起，加上天气闷热时会开窗户，所以经过他们家附近时都听得到。之前三天两头地大声吵架，有一阵子突然安静下来，没想到接着就发生了这件事。哪里会知道，那个男的是个魔鬼。他根本就是戴着人皮面具的恶魔！他如果不是魔鬼，就是怪物！”

我们之前处理过的纵火现场，都是偶发性的犯罪，像是因为酒醉、一言不合、长期累积的压力、金钱问题、一气之下等原因，才犯下了纵火罪。但是这次嫌疑人却明显带着想杀死全家人的意图，而且是经过缜密计划之后纵火的——案发前几天先观察环境，然后又花好几个小时等三个人全部回家再动手。

凶杀虽然是罕见的情况，但我之前也处理过这类犯罪现场，比如那个少年弑母案件。那起案件会让人觉得是母亲的暴力让少年忍无可忍，最终使他在失控的状态下酿成了不可挽回的悲剧。然而这一次的案件，我终究无法说服自己这是一起嫌疑人情绪失控导致的凶杀案。

爱转为憎恶，人变成了怪物，谁能想象得到？而我们对于人的秉性又了解多少？我突然间感到不寒而栗。

世界上最糟糕的选择

冬天是我们这门生意的淡季。冷风灌进屋内，家家户户都紧闭门窗，死亡这件事也就不易被发现。所以委托清扫的案子较少，但是现场通常也比其他季节的案子搁置得更久。

那天原本没有工作安排，我坐在书桌前看了好几个小时的网络新闻，总算等到一通久违的委托电话。我带了两名同事去了一座挂着“套房出租”招牌的大厦，打那通电话的管理员出来迎接我们。

“警察有说是在死亡多久之后发现的吗？”

“说是三周左右。住进来的时间也差不多是三周前，看起来好像就是在住进来那一天发生的事。亡者没带什么行李，表情看起来又阴郁，我那时也感到奇怪。”

管理员原本还想继续说，却闭上了嘴。我对他犹豫没说出口的话感到好奇，不过只要到现场应该就可以知道了。在搭电梯上去的过程中，我们都没有开口。

门把手已经脱落损坏，关闭的门残留着被强行打开的痕迹，这是自杀现场常见的景象。走进去一看，挂在冷气排气管上的两条领带映入眼帘，果然又是不太高的位置。

自我了结生命的人，选择上吊的地方通常不会高过一个成年人的身高。刚开始我很讶异，在脚能碰触到地板的高度上吊自杀，有可能吗？

慢慢地我才明白，决定生死的关键不在于脚是否能着地，而在于求生的意志有多强烈。

我们将领带剪断后放入废弃物箱子里。每当收拾作为致命工具的物品时，我们的心情总是错综复杂的。

这个现场很奇怪，我们发现床上也有腐败物质。

“难道还有其他人一同死亡吗？”

“是的，还有一名。”

我抬起头望着管理员，心里正纳闷儿是否为结伴自杀。

“是一名四岁的小孩。”

“小孩子？”

“是亡者的女儿，听警察说死者是先勒死小孩再自杀的。”

听说亡者的亲属来过了，是同时失去儿子与孙女的亡者父亲。管理员从来现场鉴定的刑警与亡者父亲的对话中听出来，亡者当时三十一岁，小孩的母亲则只有二十三岁。重点不在于年轻，而在于对一个思想不够成熟的大人来说，婚姻生活及养育小孩实在太辛苦了，辛苦到让人想要逃离。

媳妇离家之后，孩子的奶奶几乎每天都以泪洗面。在伤心之余，奶奶也催着亡者马上去将孩子的母亲找回来。那一天，奶奶又再度责备亡者，质问他这种日子要过到什么时候？亡者听完后带着孩子及孩子的娃娃出门，这是他们留给家人最后的模样。连衣物都没准备的儿子，一离开家马上就签约住入出租套房。

这个房间里几乎没有任何行李，只有五个娃娃、三个空酒瓶和一包烟。我打开香烟盒一看，只少了一支烟。亡者来到这里抽的这支烟，是他生前的最后一支烟，恐怕也是在杀死女儿之后抽的吧。我的心中不禁升起一股难以言喻的怒气，当时我的女儿也是四岁。

早晨上班前，我曾把女儿抱在怀里，此刻她在我的脑海里浮现，身体软嫩而柔弱。孩子就像蓬松温暖的羽绒般轻盈，因为太轻太柔，不管是要抓她、抱她，甚至是要跟她说话，我丝毫都不敢使劲。但是，亡者对他的女儿做了什么事？

是因为觉得女儿与其活在失去双亲的世界里，还不如死了好吗？他为他的女儿做了一个世间最糟糕的选择。

如果觉得没有父母的孩子可怜，他自己就更应该好好活着，即使做不到，也应该留下孩子。

孩子的生命并非属于他人所有。亡者认为没有父母的小孩就一定会不幸，而且只能过悲惨的生活，这是缺乏根据的错误想法。他误以为只有自己才能让孩子幸福，失去父母的孩子就注定不幸。如果真的是这样，那么孤儿的人生就都是不幸的吗？

孩子属于自然所有，孩子的生命不能与父母的生命画上等号。每个生命都是独立的，并非生他们、养他们，就是孩子们生命的主人，但父母们通常不愿意承认这一点。

我当时真的没有心情再工作下去了。过世的小孩和我女儿的模样在我的脑海中重叠交错，眼泪已经快要滴落，我赶紧开门走出去。同事理解我的状况，大家什么也没问，继续安静地整理现场。

一直到最后，我都没有再进入现场。五个娃娃围出了一个孩子遗留的痕迹，这让我无法再踏入房内半步。

还有一次，我接到一名女性委托人的来电，说家里准备拆迁，在那之前要把家具丢掉，因为垃圾太多，需要请我们帮忙，并且让我们先提供报价。

我们在约定好的拜访时间准时到达现场，发现这是到目前为止，我们遇见过的垃圾最多的房子。光是要丢的垃圾就有将近 10 吨，人力方面要动员超过十个人，而且大概需要两天才能清理完毕。

终于到了要打扫的日子，因为巷子太窄，光是要停一台载重量 4.5 吨的卡车我们就花了近一个小时。

这个社区的大部分人都搬走了，只剩几户还住在这里等待拆迁，这一户是其中之一。

这是间老房子，屋况接近废弃状态。从大门口开始，垃圾在每个房间、仓库和阁楼，都堆到接近天花板的高度，连人要进到屋子里面来都很困难。那个场面仿佛垃圾堆才是梁柱，支撑着天花板。

我们首先将大门卸下，从堆满庭院的垃圾开始清理、搬运。

“跟博物馆没两样了。”

现场就如同事形容的那样，一些旧物不断地从积累了数十年的垃圾中掉落，包括已经不再生产的饼干包装袋，还有二十世纪八十年代的杂志、报纸、唱片等。

同事又问：“这种生活要怎么过？”

这是刚进公司的职员必问的问题。每每碰到有人问时，我就会这样回答：“如果一个人要烦恼三餐和居所，担心遭到背叛，被孤独侵蚀，他就会失去求生的欲望及生存的意志。”

这一户除了委托人以外，她的哥哥及行动不便的母亲也住在这里。父亲在女儿刚出生时因为交通事故身亡，母亲也在那场交通事故中失去了一条腿。原本是一对已经生了孩子、家庭和乐的夫妻，却因为一场事故，失去了家中的顶梁柱。从此，年轻的太太必须撑着失去一条腿的身躯，抚养刚出生的女儿和四岁大的儿子。

太太虽然拿到了足够抚养孩子的赔偿金，但她却失去了在难以想象的现实中继续经营生活的意志，垃圾就是从那时候开始堆积的。两兄妹后来长大成人，但由于自小认知的家庭环境就是堆满垃圾的，所以长大后也习以为常。

有本书叫《雨啊，请你到非洲》，书里讲的是身陷战争与饥饿的非洲人的故事。他们从一出生就面临各种病毒的威胁，很容易失去生命；成长的过程中也是连每天吃一顿饱饭都有困难，因此有很多人饿死。在如此悲惨的情况下，有些儿童还要提枪上战场，而且他们竟然认为这是理所当然的。

平常只要有一只苍蝇在眼前飞来飞去，我们都会挥手驱赶，但是在非洲有些地方的人即使有数十只苍蝇停留在脸上，也都无所谓，因为他们早就已经习惯了。对这一对兄妹来说，从他们睁眼看到世界起，家里就是一个垃圾场了。从身为人生最初的导师的母亲那里，他们学不到如何过一种家里、身体、心灵都清爽的生活。

虽然是在这种环境里长大的，但是女儿及儿子看起来与其他的成年人没有什么不同。他们都在上班，衣着也整齐干净，只有居住环境和别人不一样而已。

就在所有清扫工作差不多快结束时，我们和这家人聊了几句。

“已经决定搬去哪里了吗？”

坐在轮椅上的母亲容光焕发地回答：“是的。拿到不少搬迁费，房子已经找好了，家电用品和家具也都会全部换成新的。”

女儿热泪盈眶地说：“我还以为这辈子到死都不会离开这间屋子了。离开这间屋子是我一生的愿望，如今终于实现了。”

她接着露出灿烂无比的笑容。

女儿不希望住在堆满垃圾的屋子里，不过自己从小在这里出生，家人也都住在这里，长大的过程中即使知道有更好的地方，但总不能因为妈妈不够好就要换妈妈，也不能因为自己的家和别人的不一样，就离家出走吧。虽然家里像一座垃圾场，可是对她而言，这里仍是一个能与家人共同栖身、休憩的空间。

我对他们说恭喜，也真的很替他们高兴。一方面是我再次深刻感受到，一场任何人都可能遭遇的悲伤及痛苦，是如何改变一家人的生活的；另一方面，若从父母的身教将如何影响子女未来面貌的角度来看，我身为两个女儿的父亲也体认到自己该具有的责任感。想通过耳濡目染让儿女拥有积极的生活态度，父母应当率先以身作则，这也是此次现场让我领悟到的。

痛苦，是按月支付的人生租金

这是我第二次因工作来到济州岛。由于设备及药品都是不能上飞机托运的物品，我们两次都是只能开车前往，然后再用船载设备及药品过去。

济州市市内密集的高楼大厦与首尔的没两样，只有路边的椰子树，才让我们有身处济州岛的真实感受。

我们在一栋有数十户住户的商住两用办公大楼前见到了委托人。他是大厦的管理员，也是不动产中介公司的员工，他一见到我们就先叹了口气。

“我们曾经找过专业人士来打扫和消毒，但还是跟原来一样。清洁剂都用掉一桶了，还是一样。”

听完后我也跟着叹了口气，这种事经常发生。如果使用清洁剂就可以处理死亡现场的话，那我们这种行业就没有存在的必要了。而且很多这个行业的人不具备完整的特殊清洁知识，他们觉得凡事都和搬家时的打扫一样简单。在这个行业里，如果清扫及消毒是在缺乏专用设备和药品的情况下进行的，那么后续情况常常会更加恶化。

我们一打开门，清洁剂的味道立即扑鼻而来，应该用掉了不止一桶。同时，我们的眼睛开始觉得刺痛，头也逐渐昏沉起来。因为怕影响到邻居，我们作业时都必须关门。但当时的情况是我们已觉得生命受到了威胁，所以不得不把门打开。其实，依照我们的工作守则，在密闭的空间里是不能使用大量清洁剂的。

我们在得到管理员的同意后把门窗全部打开，又为了防止恶臭味飘到上面的楼层，还在窗架上安装了移动式抽风机。在确认换气效果达到一定程度后，我们再次观察屋内的状况。可以在洗衣机上看到烧焦的痕迹，那里似乎曾经烧过煤炭。

此外，天花板、墙壁、家具，还有家电等全都染上了消毒水的味道。但其实只是往空气中喷洒一般消毒药水的话，恶臭味是绝对没有办法清除的。我们先拿出药品擦拭每个角落，因为没有根除掉的恶臭味早就已经随着空气四处漫延。

接下来，我们必须撕除壁纸。撕纸的工作看起来好像很简单，却要花费不少时间和劳动力。通常每次涂褙[①]都是在原本的壁纸上再加贴一层壁纸，所以壁纸会叠好几层，最后壁纸变得像聚合板一样又厚又硬，非常不易撕除。尤其最早贴上去的宣纸和壁纸黏着牢固，根本无法一次性全撕完，经常要小块小块地撕除。

有一次为了撕除八坪[②]大的套房壁纸，两名壮汉花了两个多小时才撕完。但是不管怎么费时，壁纸都必须撕光，因为上面已经沾有恶臭味。

撕完壁纸后，接下来要处理地板。地板是原木砖，恐怕这就是严重恶臭味的来源吧。

一般的地板是塑胶材质，腐败物质不容易渗入到地板下面。但是腐败物质能透过这种木纹砖的微小缝隙流入地板，强酸物质中的有机酸会将每一块木砖之间的黏着剂溶解，然后渗入至水泥地上。

地板无法用手直接拿，必须先用机器将木砖取出，然后再将水泥地板的黏着剂除去。这是我们无法处理的作业，向管理员说明情况之后，我就开始用手机搜寻可以作业的专业人士。由于设备价格昂贵，我们很担心在附近找不到有这种设备的从业者。首尔或许会有，但这里是济州岛。

---

① 褙指把布或纸一层一层地粘在一起。

② 1 坪约合 3.3 平方米。

幸好我们找到了济州岛唯一拥有这台机器的从业者，打电话询问后对方告知，他正在其他地方使用这台机器，大约再过一个小时可以送到这里。真是太幸运了！直到这时我们才感觉到饥饿，而午餐时间已经过了好一会儿了。

正当我们准备外出吃饭时，一名神情异样的女人走进来，管理员赶紧起身向她问候，我也递上了名片。女人拿到名片后，立即大发雷霆。

“为什么偏偏要死在我们家？你们知道我有多心烦吗？到现在都还得吃止痛药，心跳也一直加速，刚刚才从医院回来。想到为了打扫这里，不知花了多少钱，我就忍不住一肚子火，晚上都睡不着觉。之前的清扫公司收了保证金，拿了我的钱，跟我说大话，说什么会清扫得干干净净，结果还是一样有味道，这次真的行吗？哎哟，为什么偏偏要死在我们家？”

女人一口气不停地讲下来，高八度的声音令人一阵阵头痛。

“那是因为发臭来源还没有清除掉，把臭味根源去除后再重新上涂层，味道就会消除，请别担心！”

但是，她连听都不听，就又开始唉声叹气，而我也不想听她说话，心里只想着：要是现在不去吃饭，就得挨饿到作业结束后才能吃。她怎么一直在重复相同的话？

其实这位女士的心情我是可以理解的，因为碰到了不合格的从业者，原本一次可以结束的工作变成要处理两次，难免令她心烦。此外，处理费用还要翻倍，而且房间也无法马上租出去。当初要不是有房客在这里自杀，就不会有这些事发生，她心中想必会对房客心生怨恨吧。

屋主和管理员短暂聊了一下，我跟他们说等地板拆卸和重新涂层后就可以作业了，讲完就出去吃饭了。因为头痛，我按住太阳穴走进一家汤饭餐馆。上菜后我大概只吃了两勺饭，就接到木纹砖拆卸设备操作师傅的电话，说他已经到了。我们只好停止用餐，起身离开餐馆。

设备操作师傅一到现场就皱起眉头。

“这是什么味道？”

师傅一边自言自语，一边开始拆卸地板，以及清理附着在上面的黏着剂。

不到十分钟的时间，水泥地板就外露出来。果然如事前所料，地板色泽有一半以上已经变得黯淡，从门槛到壁橱都渗入了有机酸，所以必须将门和壁橱拆掉，再将地板重新涂层，才能阻断恶臭味。

将状况向屋主说明之后，那位女士开始再一次发怒责怪亡者，同时还提到亡者的家人。

亡者是一位女学生，父母已经离婚，她与妈妈一起住，六个月前离家说要去夏威夷游学。她偶尔会半夜打电话回家，说自己过得很好。家人觉得那个时间打电话只是时差的关系，没想到却在六个月后的济州岛发现了她的尸体。在亡者的尸体被发现后，屋主找到了亡者的父母。亡者父母两个人大吵一架，对女儿的死互推责任。

由于女孩没有留下遗书，没人知道亡者自杀的原因，只能推测她是因为没有一个可以倚靠的家，所以主动放弃了自己的生命。

有这种不在乎女儿为什么死、只会争论“都是你的错”的父母，也难怪女儿会觉得孤单、痛苦。

虽然她想脱离家庭，甚至编了离家游学的谎言，结果却是在人生地不熟的济州岛孤独地结束一生。听说她才二十岁出头，正处在依然充满梦想的年纪。她是带着什么样的梦想来到济州岛的呢？或者自杀这件事从一开始就已经计划好了？

答案已经无法知道，那次我只把工作做好就回来了。不过总觉得不该是如此，这种想法一直在我的脑海中盘旋不去。

“痛苦”要活着才能体验，“幸福”也必须活着才能品尝。人生不可能只有幸福，也不会全然都是痛苦，但是我们却只对其中一个特别敏感。幸福来临时被视为理所当然，所以感受不到那是“幸福”；痛苦却被视为不存在于原本的生命里，所以碰到时会抱怨“为什么发生在我的身上”，甚至悲观地残害自己。

痛苦，就像是每个月固定要缴纳的房租，让我们时时挂怀。相较起来，其实有更多的幸福降临在我们身上，只不过我们将它视为理所当然而没有发觉。

活着，是一个值得庆祝的奇迹。每个人都应该告诉自己：我的存在是宇宙形成以来最特别的事件，一旦出生，我就已经是被选择的存在。

最后，借用一段不知在哪里看过，但曾让我深受感动的话，传达给那些有寻死念头的年轻人。

> “想死”反过来说就是“不想活得那么痛苦”，换句话说也就是“希望好好地活”，所以我们应该把“想死”用“希望好好地活”来代替。不要说死亡，因为所谓“生命的意义”，就是“活下去”的指令。

大家喜欢的告别方式

房门上贴满了照片，基本都是五岁左右的男孩与四十岁出头的男人的合照。在映入眼帘的照片里，两个人不是互相喂冰激凌，就是一起做出滑稽的表情，一起赤脚走在海边，或是男人把孩子举高开怀大笑，还有教孩子骑自行车。

我的女儿与照片中的男孩年纪相仿，难以想象这个男人如何能放下孩子自己离开。我当时的心情十分沉重，在有孩子的人的死亡现场作业，总是让我心力交瘁。

就在快要清扫完毕时，委托我们打扫的亡者朋友来到现场。他说孩子的父亲罹患肝硬化，离婚后搬来这里还不到一个月。难怪这里还有尚未打开的行李，房门及窗框看起来也像是才刚刷完油漆不久。

但让我没想到的是，空酒瓶竟然出乎意料地多。我猜测这个男人有可能是酗酒致死，因为放在床边的油漆桶里有血，看起来他似乎发生过咯血的情况。

照片中的亡者看起来很幸福，从门板上贴满的照片来看，他显然是一名深爱孩子的父亲。然而即便处于吐血的痛苦当中，他的手中却还是握着酒瓶。为什么要酗酒？是因为病情持续恶化，再加上离婚、与孩子分离吗？他当时的心情如何，恐怕是我们难以想象的。

这些事先不知道的事，我们通常可以在整理现场时找到一些相关的蛛丝马迹。现场的室内装潢和家中的物品，这些可以告诉我们在这个房子里住过什么样的人。

亡者住处的房门、窗框和墙角线全部被漆成白色，家具却都选用反差强烈的黑色。其他装饰品既简洁又有品味，房间布置得宜，亡者应该是个感情细腻且安静的人。

他似乎很喜欢陶艺，因为我们看到许多相关的藏书。这里还有电子琴和电吉他等在作曲时所需要的电子设备，原来他生前是一名作曲家。

可以看出，亡者不管是工作还是业余爱好都是独自进行的，大部分时间不与外界来往，几乎都是自己一个人待在家里。最后，连死亡也是孤独一人面对。

在当下的韩国社会里，孤独死亡再也不是孤寡老人的专属现象。因为韩国各地的福利会馆或居民中心有为孤寡老人些都是孤独留下的证据，显示因孤独而死的亡者们已经丧失生存意志，而“死亡”是因为再也找不到活下去的理由。

这位亡者的年纪和我差不多，我当时是个只有一个女儿的父亲，他的死亡让我想起很多事。我们早晚都将面临的人生最后一刻，会是什么样的呢？我面对的死亡又该是什么样的呢？想到这里，我的眼前突然浮现出以前当殡葬礼仪师时遇到的一桩死亡事件。

当时正值中秋，有一位老奶奶过世，由我为她担任殡葬礼仪师。也许是节日的缘故，告别仪式会场显得特别冷清。在举行告别仪式之前，家属告诉我老奶奶是怎么过世的。

每到节日，家人都会聚在老奶奶家里。那个中秋节也是，前一天大家就已经回到老奶奶家。每当有一家人到达时，老奶奶就会抓着 ，还有孙子、孙女的手，抚摸他们的头， 。

大家一起围坐着吃团圆饭。老奶奶 健康状况不佳，但是那天看起来却精神很 ，吃得也特别多。她还亲手给孙子、孙女零用钱，陪家人的时间也比以前任何时候都久。原本几乎一整天都要躺在床上的老奶奶，那一天有很长时间都是坐着的，而且说的话也比平常多，人也更开心。

第二天的中秋节早晨，老奶奶静静躺着没有起床。原来她在睡了一整晚后，安详地过世了。

我祈祷，自己能足够幸运，像这样平和安宁地迎接死亡，在最后一刻一一拥抱我所爱的人，然后安静地像睡着一般离世。大家应该也都喜欢这种与世界告别的方式吧。

这家人的生活方式

有一天，我收到委托说要清扫一个房间。只有一个房间？我心中很纳闷儿，不过反正一到现场答案就会揭晓，所以我只问了房间面积和所在楼层，还有遗体放置了多长时间，就结束了询问。

我到了现场一看，其实并不是只打扫一个房间就够了。恶臭味不会因为遗体所在房间的房门关着就不会飘散出去，所以其他房间也要喷除臭剂，就连客厅的天花板和墙壁、家具都必须在擦拭之后喷药。至于亡者所在的房间，壁纸和地板也必须全部更换。

[illegible]，有一位据说是亡者孙女的年轻女性问我：

“如果喷药的话，是不是就不能睡在家里了？这样就得和爸妈去旅馆睡，大概要经过几天才能回来？”

除臭方式是燃烧氧气，从而将渗入氧气中的恶臭分子一并燃烧殆尽。由于市面上销售的臭氧杀菌机无法完全除去恶臭味，我所使用的这台设备是我经过许多次的试错之后设计出来的，设备启动时必须关闭所有门窗，人也必须待在外面。这种情况至少需要一天的时间，才能完成除臭工作。

“明天晚上应该就可以恢复正常的生活了。”

“好，了解。因为爸妈开补习班，我也在补习班里工作，大家都太忙了，所以奶奶过世四天后我们才发现。”

我在这期间去过许多现场，却是头一回听到同住的家人竟然在死后好几天才被其他家人发现。难道每天出入时都不会打个招呼说“我回来了”“再见”吗？难道这家人这几天都不曾在一起吃过饭吗？

虽然脑子里瞬间闪过各种想法，但我还是赶紧把这些念头搁在一旁，先询问家属是否有需要特别注意的物品。如果我们在打扫时发现了贵重物品，比如现金、图章、照片、文件、手机等，都会先消毒再转交给亡者家属。除此之外，我们还规定要再问问家属是否还有其他东西需要转交。

“她是一个奢侈的人，应该有很多珠宝。”

这样形容自己的亲奶奶，实在太令人吃惊了。

“整理好这个地方后，请再通知我们一次。”

“好的。等整理好房间、设备启动要离开时，我们会跟您再联络的。”

孙女很有礼貌地拜托我们之后就出门了。她很客气，看起来心地也不错。但是唯独对奶奶，谈到她时竟如此冷漠。

我们走进奶奶的房间，也许是因为暖炉一直开着，房里燠热难耐到让人快要流汗的程度。不过因为怕恶臭味飘散出去，与客厅相接的房门及靠阳台的窗户都不能开，我们只好一边用袖子擦汗，一边开始整理。

老奶奶似乎很喜欢爬山，她的房间里有许多各式各样的登山服、登山鞋、登山用品，化妆品看起来也比一般年轻女孩用得多。从事这项工作久了，我们自然而然学到的几件事情之一就是认得各种品牌。老奶奶的东西大部分都是高级进口的名牌，衣柜里挂着好几件貂皮大衣，其他衣服也看得出来都是高价品。由于纤维制品一旦渗入恶臭味，就算洗好几次也无法除臭，所以只能以丢弃处理。无论是尚未拆价签的高级服饰，还是散发光泽的貂皮大衣，全部都要丢进废弃物箱子里。

打开梳妆台抽屉一看，里面有好几本百货公司的宝石品牌销售目录。宝石通常买的时候很贵，等卖的时候就变得没有价值。此外，我们还从抽屉里倒出了许多用耀眼的宝石装饰的华丽胸针、项链、戒指、手镯。

如果看到贵重物品，我们一般都会拍照存档。我记得以前曾经看到过一篇新闻报道，说有其他同行违反“不要对别人的财物起贪念”这条最敏感的行规。整理亡者的遗物原本是要减轻家属心中的悲伤与痛苦，如果还惹出这样的祸端，这对公司将来的经营一定会产生负面影响。所以以防万一，在抽屉打开之前，以及发现贵重物品的当下，我都会在打扫前或打扫后拍上好几张照片。一般会拍五十到六十张，甚至还曾经拍到一千五百张之多。

我们接着整理下一个抽屉，里头有存折和信用卡通知单，还有各种基金寄来的缴款通知，金额分别为一百万韩元、一百五十万韩元、三百万韩元等，幸好金额都不大。另外，抽屉里也有存折止付[①]的通知书。

“奢侈的人”，我似乎明白孙女为何这么说了。不过家人如果偶尔能在同一张餐桌上一起吃饭，即使只是短暂地聊天，奶奶还有必要通过购买奢侈品来慰藉心中的孤单吗？

打扫完奶奶的房间后，我们又打扫了客厅、厨房和其他房间。厨房里看不出有多少做过饭的痕迹，冰箱里也没有存放适合老人食用的食物。主卧房及孙女房里有许多未折叠的衣服，看起来衣服洗完后就搁在那边，根本没有收进衣柜。

客厅的沙发椅上也堆满了衣服，没有分是洗过的，还是

---

① 带存折到银行申请“存折止付”，任何人再拿存折去银行领钱，银行都不会给钱。——译者注

待洗的衣服，衣服上面和客厅地板上都落着一层厚厚的灰尘。客厅的地上还放了三个高尔夫球袋，上面覆盖的灰尘几乎厚到人一吹就会打喷嚏的程度。

灰尘太厚，我们无法掸干净，只好拿干净的毛巾沾水后再一一擦拭。从陈列柜、床头柜、桌子到沙发，全部一擦再擦。而且灰尘量太多，一次擦不干净，我们带去的毛巾不够用，只好不断地洗毛巾然后重复再用。

打扫的同时，我心中一直不停地想，其实老奶奶被“放置”在家里不止四天了……

长期以来，老奶奶就像独自一人生活在孤岛上一般。她变得奢侈，难道不正是家人造成的吗？这个家就像是写着“此处仅供睡觉”的普通场所，虽然因为有暖炉而不至于让人受冻，却是一个毫无温度、冷清的家。

当然，家人忙到没有片刻可以喘息也是一个客观原因，毕竟经营事业是一件即使投入全部的时间和精力，也不能保证会成功的辛苦工作。我也是一边听着“不要只顾公司，也要关心家人”的抱怨，一边经营事业。更何况这一家人除了老奶奶之外，所有人的时间全都被绑在补习班的工作上。

如果站在家人的立场，可能还会对老奶奶有些抱怨。奶奶只会用逛街购物来打发时间，却不愿帮一回到家只想休息的子孙晚辈们做些家务。很多女性长辈都会帮双薪家庭的子女做家务，照顾孙子、孙女。需要靠捡拾废纸去卖来维持生计的孤寡老人不计其数，和他们相比，老奶奶的生活简直过得像皇后一般奢侈，有个宽敞干净的家可以度过溽暑与寒冬，也不用为了求温饱而必须工作，甚至连家务都不用做。

即便如此，老奶奶的“孤独死”还是让人难以理解。家人们在打开玄关门踏进家里的那一刻，不可能什么都没发现。应当会闻到什么味道，然后进入奶奶的房间一探究竟才对，但是三个同住的家人都没有这么做。超过四天没见到奶奶，竟然没有人觉得奇怪。这正是长久以来，这一家人对待奶奶的独特方式。

我在脑海中不停地想这些问题，手边的作业也差不多完成了。分解恶臭味的设备打开后，我拨电话给亡者孙女，告诉她我们还会再来拜访。

第二天，我们来将设备撤走，并进行了最后一次喷药。其他人离开后，我则是继续待在那里等候亡者的家属回来。不久后，我昨天见到的孙女和她的父母，以及因葬礼而回国的姑母和姑母的女儿，一起走进屋里。

“奶奶房间的壁纸和地板已经清除，生活用品都处理了，客厅和其他房间也做完了除臭及消毒。因为刚做完最后一次喷药，只要四天后让屋内先换气通风，然后重新贴壁纸，房间就可以再度使用了。”

“真是辛苦您了，帮我们做这些困难的工作。您不知道我们有多么感谢您，谢谢！”

亡者的子女一边道谢，一边频频鞠躬。

“对了，您吃过饭了吗？如果还没吃，我们希望招待您吃个饭。”

“谢谢，不用了。”

家人亲切有礼，不会给人做作的感觉，只不过看起来不像其他亡者家属那样悲伤。我走出那间屋子，仿佛只是来帮人做了搬家清扫的感觉。

改变世界的前进力量

在这个小而简单的房间里，到处都有蛆在爬行蠕动。

小房间的所有家具只有一张床和兼顾书桌、收纳柜用途的一组抽屉柜，甚至连衣服也只有几件而已。蛆群不断地从插座孔里冒出来，就连在撕除壁纸时，我们也都会发现里面有蛆。蛆的身体和排泄物已经散发出腐败的尸臭，所以必须彻底除去。我们将壁纸和地板清除后，用吸尘器吸遍每一个角落，还将插座分拆，把躲在里面的蛆逼出来。

我们将亡者仅有的几件遗物装入箱子里，然后拆解床和收纳柜。我们在拆解时发现，抽屉里装满了指甲油之类的物品，但是衣服和鞋子等遗物看起来像是男性的，难道亡者是女性吗？再仔细一看，书籍也都是与美甲师资格考试相关的。放在角落的纸箱里装满了人造指甲，其中有很多是用各式各色的指甲油涂出花纹的漂亮指甲，不知是不是练习的产物。看来亡者是一名相当手巧的女性，但为什么要穿着男生的衣服和鞋子呢？

过了一会儿，我突然意识到自己的偏见有多么严重。并没有人规定美甲师一定是女性，也没有人说过男性不能以美甲师为职业。也许"只有女性可以当美甲师"的偏见，就与亡者的死有关。

不管他人的看法如何，亡者一直在认真地上补习班，每天都在重复练习，而且用手头仅有的钱买齐每一件材料。这个职业不像公务员一样稳定，也不像大企业员工可以赚很多钱。如果不是真的怀有热情，是不可能投入这项工作的。看得出亡者真心喜欢这项工作，也决定要从事这项工作。

他所住的单人套房位于年轻人爱去的弘益大学步行街①。那里曾经住着很多为梦想而努力的人，然而现实生活却不容易。

"没关系，你一定可以的。"

---

① 弘益大学（홍익대학교）是韩国综合性大学之一，其中美术、设计等艺术专业最为出名，是亚洲优秀设计院校之一。因有众多年轻艺术家和在校学生在大学附近的步行街进行艺术创作，并吸引来各类餐厅、咖啡厅、艺术特色小店等，使弘益大学步行街成为韩国潮流文化的前沿和繁华的文化商业区，亦是最受年轻人喜爱的街区之一。——译者注

书桌上的一张便条纸上写着这样的话，然而恰恰道尽了现实不可能“没关系”。

这是六年前的事了。听说现在已经能看到不少男性美甲师，甚至男性去美甲店接受美甲服务也早已见怪不怪。其实他只要再忍耐一下，忍到今日他就可以实现梦想，然而当时的他却选择了死亡。

没有人会希望别人知道，自己家有一个年轻人死了。所以我们在整理这个现场时，“年轻人死亡”这件事被要求保密，如果有人问起发生了什么事，屋主要求我们说是“一只根本不存在的、亡者养的狗死了”，而且语气中不仅不能表露出哀伤，有时甚至还要假装责怪亡者，怪他将狗抛弃不理，害狗饿死。

掩盖年轻人的死亡，编造“狗死亡”的谎言，其实是因为在意周遭人的看法。大家在新闻里看到令人遗憾的死亡消息，会表达悲伤及哀悼，但若是邻居有人死亡，反而觉得害怕、不舒服。或许就是这种心态与想法，使得有些人放弃了人生。严格来说，自杀和孤独死正是我们的漠不关心造成的，也可以说是另一种“杀人”。

在发觉自己带有严重偏见的那天，我想到有人可能因为某些固执观念或偏见而受挫，甚至因此受伤、失去勇气、放弃人生，我又再度感到沮丧。我自己也是因为偏见，所以在工作上尝尽苦头，然而我却没有真正地反躬自省。我们通过态度与言行反映出的想法，都可能伤害或是挽救一个生命。

我同时心想：我不该去迎合世界的标准，而是应该遵循自己的想法去改变世界，难道不是吗？人生的方向盘在自己手上，我只不过是想慢慢转个弯，有什么错吗？走上一条和别人不同的路，不是更能感受到些许人生的另类趣味吗？

因思念而失去了眼睛

这是一位惊艳的美人，听说是亡者的妹妹。

“姐姐失去联络已经一年了。后来接到警察的电话，说姐姐已经自杀死亡。”

综合妹妹一连串的喃喃自语，我们得知，姐姐不管在个性、外貌，还是工作上，都是相当完美的人。全家人都爱这个姐姐，尤其是妈妈对姐姐的疼爱更是到了极致。因为姐姐太完美了，妹妹丝毫没有嫉妒的想法，只觉得她是一个让人感到既骄傲又尊敬且踏实的姐姐。

有一天，这个姐姐突然失踪，只留下一张纸条交代不要找她。家人去公司找她时，公司只说她忽然提出离职，公司反而想问家人是什么原因。姐姐失踪后，妈妈就因为脑中风而昏倒，至今还在住院。

在姐姐失踪之前，这是一个令人称羡的家庭，总是温暖又和睦。妹妹痛苦地语无伦次，说姐姐怎么会变成了尸体，问姐姐为什么要离开家，问现在该怎么办，哭了又哭，看起来受到了很大的冲击。我请同事出去买水来给她喝，不久后妹妹镇定了下来，接着马上又说该去派出所了，就匆匆忙忙地起身离开。

亡者家里很豪华，家具、衣服和其他的东西都是高价品，所以自杀应该不是为了钱。她没有罹患疾病，如果是因为生病而悲观的人，通常可以在死亡现场找到大量处方药，但除了维生素外，我们在这个现场就连常见的感冒药都没有看到。

亡者的经济状况良好、身体健康，而且年轻又漂亮。我看到抽屉里的照片，亡者像女明星一样美丽动人，连漂亮的妹妹也比不上。况且她与家人也没有相处不和的问题，根本没有到要离家断绝音讯的程度。相反，家人都深爱着她。这样的人为何会选择自杀？

我心中的疑惑持续不断。打扫时看到了信用卡账单，直到最近她都还在购买各种宠物狗用品，看起来在很专注地养狗。不过我环顾四周，并没有看到家中有狗。

这时有一位老奶奶走进屋里。

“唉，这个小姐很漂亮，一个活生生的人，怎么会变成这样？”

“我们只是来打扫的清洁公司，原因我们也不清楚。”

“如果连隔壁都清扫完，大概要一整天吧。”

“隔壁？”

“隔壁的占卜馆啊，小姐不是‘巫俗人’吗？她的那只狗好爱叫，因为太吵了，住在附近的人跑去报案，才发现这件事。”

至此一切疑问才水落石出。我打电话给妹妹说明这件事，不久后妹妹就跑来这里。

“你说我姐姐在占卜馆当‘巫俗人’？”

虽然我又告诉了她一遍，但她还是一脸无法置信的表情。

“不可能的，我姐姐在帮人算命？嗯？我要现在马上去看看。”

我们一起往隔壁的房子走去。那里挂着旗子，一看就知道是间占卜馆。进到屋里后，我们马上闻到一股特有的香气，还伴随着一阵狗的体臭味，这屋子里应该有狗。果然，我们在角落的迷你狗屋里发现了一只瘦骨嶙峋的西施犬，小狗一边发抖一边看着我们。它紧闭着一只眼睛，那只眼睛的下方还残留着深色的血迹，这只眼睛似乎曾受过伤。

在我们整理房间的过程中，妹妹的呜咽声不断传来。我看了一下四周，她的手里拿着一个记事本，肩膀不断地抽动。我将纸巾递给她，同时把记事本接过来看。

> 宁可不要对我那么好，因为妈妈，我已经快要活不下去了。妈妈为我做的一切，我铭记在心底，但沉重的心理压力让我觉得快要活不下去了。不要对我那么好。为什么如此心痛？即使我不在，妈妈还是可以好好地活着。但是如果没有妈妈，我要怎么活下去？

姐姐应该是向家人隐瞒了自己成为“巫俗人”的事，并且离家躲了起来。这一段似乎是她首度听到母亲中风的消息时写的。为了让家人不被其他人另眼看待，她打算独自承受这突如其来的、被改变的命运，但是无法摆脱孤独及恐惧。越是吃力，越让她深刻地思念母亲的爱，于是她把精力放在小狗身上，为狗买了许多昂贵的物品，用这种方式支撑着自己度过每一天。然而，做这一切的前提是妈妈还在人世，只有这样她才能活得下去。只要知道世界上还有人爱着自己，我们总是可以从中获得生存的力量。

不过这个为妈妈及家人着想的选择，反而让妈妈因此病倒，亡者心中的自责难以言喻。

子女即使杀了人，很多父母也愿意代子女受过。母亲如果知道她的情况，可能会因为担心女儿，而给予更深的包容，帮助她渡过难关。在了解母亲中风的原因之后，姐姐才发现自己做错了，并且意识到错误时已经太迟了。不，其实还不迟，但她却认为事情已经无法挽回，并因此陷入绝望。

心中闪过许多想法，但毕竟我是局外人。在没有设身处地地思考当事人心理的情况下，我如何能揣测那些更深入的细节。

妹妹还在低声哭泣。看到姐姐的遗体已经难以承受了，现在又发现所有事情的起因在于姐姐成为“巫俗人”，她受到的冲击似乎更大。我只能真心地向她表达慰问之意。

妹妹离开这里前往母亲住的医院。妈妈可知道自己一向疼爱的女儿已经离开了人世？想来真令人心痛。

我打电话给妹妹，告诉她已经打扫结束。妹妹只说了一句：“辛苦了！”正当她想挂电话时，我赶紧问她一件事：“小狗要怎么办？”

她只简短地回答叫我自行处理。虽然是姐姐疼爱的宠物，但她却没有看在眼里。

我在苦思之后，决定先将狗带到办公室。当天处理完废弃物回程的路上，我绕路去了一趟动物医院，经过检查，医生告诉我：“眼球凸出来了，看起来没有外伤，应该不是外部冲击造成的。小狗如果长时间吠叫，眼压就会上升，最后可能导致眼球凸出。先治疗看看，如果还是无法愈合，就必须进行眼球摘除手术了。”

狗已经吠叫到眼睛受伤，甚至到了要进行眼球摘除手术的地步，可见它呼唤主人的心情有多么殷切。

这只小狗因为思念而可能失去眼睛，她的主人也因为思念而失去生命，她的妈妈则是失去健康。

无论是人还是狗，最痛心的事就是无法和所爱的人在一起吧。

第四章

我们真正留下的东西

更加热爱生命及爱人的方法

这次作业的地点是某个尚未开发的社区，我只能用“几乎快倒塌”来形容这间房子。

亡者生前看样子没有什么丰富的食物，吃的是清一色的由辣椒酱、豆瓣酱、酱油直接腌制的各种酱菜。我们作业的第一步，就是先将味道重的食物搬出来。

亡者的抽屉里装满了不知里面是什么东西的塑料袋。袋口绑得太紧，要松开甚至会弄痛手指，后来我们干脆直接将塑料袋撕开来看，原来里面装的是衣服，而且是还挂着价签的新衣服。

一件又一件的衣服塞满了塑料袋，我和同事两个人必须不断地撕塑料袋。花了超过一个小时的时间，我们才将塑料袋和里面的东西分类完毕。

所谓的塑料，也不完全都是一样的东西，如果不分类的话，垃圾处理场不会回收。

正当我纳闷儿，亡者为什么把包括袜子和内衣等在内的所有衣物全都一件件地装在塑料袋里时，身为屋主的大叔刚好走了进来。

“他离婚后就和孩子分开，然后一个人住。我们原本讲好每个月要收多少房租，但是我一次都没收到，不过因为也没多少钱，就算了……”

结果，屋主不收房租却成了亡者遗体被放置超过半年的原因。如果房租被拖欠，屋主通常会过来一趟，要是这样亡者的遗体就可以更早地被发现了。

另外，遗体被放置超过半年，邻居却没有人知道。这个社区仿佛是静止在过去某个贫穷的年代一样，还弥漫着水沟及污水散发出的味道。大概因为这样，所以大家对遗体发出的恶臭味也不以为意。屋主的态度看起来也没有太多惊讶或慌张，不知是漠不关心还是习以为常，总之感觉好像无所谓。

听说亡者在成衣工厂工作，所以才有那么多新衣服。既然一个人住，三餐点外卖就可以了，他却用各种酱菜拌饭吃。免费得到的新衣服都收起来，连他自己都不曾拿出来穿，但是这些衣服最后全都进了垃圾处理场。

不知是否因为处理过太多死亡现场，比起刚入行时，我发现自己现在更能以职业的角度去看待工作。不过我对一件事的看法依然没变，那就是在处理亡者生前珍爱的物品时，所领悟到的“死不带去”的意义。我总觉得，不应该在“一旦自己死后就失去用处的物品”上浪费人生，这个想法至今仍然没有改变，所以现在的我没有什么舍不得丢弃的物品。

有些东西可能因为不知道什么时候用得着，或是只用过几次还很新，又或者因为价格昂贵，所以我们明明不再需要，却还是一直保留着，这样只会让生活变得复杂。家，应该是去爱、去休息、去做梦的地方，我不希望堆满太多物品。也正因此，再也没有什么东西能够让我因求而不得而神伤的了。

仔细想想，我们为了拥有“一旦自己死后就失去用处的物品”，耗费了多少时间与精力。为了买房子，买好的车子，买高级的衣服；另外，为了让孩子进名校，找个好工作，也走上相同的路，我们牺牲掉的东西太多了。

当然，认真过日子是好事，为了得到想要的东西锲而不舍地努力，也是我们人生中该做的事之一。不过这些却是带不走，也留不下来的东西。人生真正值得留下来的不是房子，不是从什么学校毕业，也不是钱，而是我们曾经爱过的记忆。爱与被爱的记忆会一直保存很久，即使在我们离开人世后，也会温暖地覆盖着世界的某个角落。

过去有很长一段时间，我也认为物质很重要，甚至一度认为身无长物的自己是个毫无价值的人。大约是在十五岁的时候，我当时以准备考试为借口，和同学们相约到图书馆，在阅览室里传纸条及窃窃私语，有时则会盯着其他学校的女学生看，这是相当有趣的一段时光。

我在那里认识了一个女孩子。我的同学当中有人原本就认识她，所以我们几个人常用念书做借口，然后约在图书馆碰面。虽然只是带着几包饼干，在图书馆前的公园一边分着吃，一边聊天，但是因为有那个女孩在，所以我总希望时间能够一直停留在此刻。

明明喜欢她却又不善言辞的我像个傻瓜，有一天朋友带那个女学生来到我家门口，他的意思是叫我告白。但别说是告白，我连好好打个招呼都做不到，只能转身就跑进家里。

破旧的家被别人看到，这点让我感到很难为情。进到家里后，我蜷缩在衣柜与墙壁间的空隙里，在那里呆坐了好一会儿。贫穷让我感到丢脸，我也为自己的一无所有感到伤心。和那个女学生比起来，我什么都不是，我对这样的自己发火。从那天之后，我再也不和那个女孩子见面了。

我在年轻时之所以疯狂地拼命工作，或许正是因为那天的记忆吧。回首过往，那天的我是多么愚蠢，竟然因为贫穷而自行放弃最珍贵的初恋。在经营社会生活时，金钱虽然是必不可缺的东西之一，但因为金钱而毁掉爱情，这个代价未免太大了。

如果能稍微放下对物质的崇拜和执着，我们也许就能爱得更多，也能得到更多的快乐。生活也将因此变得更为丰富，也更幸福。

无法表达悲伤之时

几年前，韩国开始实施犯罪受害者家属协助制度时，我的公司也开始支援犯罪现场的清理工作。犯罪现场大部分是凶杀现场，现场的样子通常会原封不动地述说这里曾经发生过什么事。

在这里，被打破及粉碎的物品零乱散落，墙上和地板上一般都会有红色的手印及脚印，有时还会看到一把把被扯下的头发。这些是被害人拼命闪躲，加害人对挣脱的被害人追杀到底的结果。而留下最多血迹的地方，就是被害人藏身的地方。

有一次，我们将写着“禁止出入— POLICE LINE —侦察中”的警戒黄布条撤除后，向屋内走去。屋里到处都沾上了采集指纹用的粉末，同时也能看到跟随血迹方向粘贴的胶带。还有两个人脸上带着惊慌失措的表情站在那里，她们是被害人的姐妹。

案件的发生，从被害人与一名男子的交往开始。被害人在离婚之后独力抚养女儿，她经常拜访寺庙，或许是因为孤单，所以对每次拜访佛寺时都给予她温暖问候，且愿意倾听她心事的一位同样礼佛的男子产生了好感。

这位男子也一样，两个人之间的距离迅速缩小，女人就这样再婚了，并且和新的丈夫一起度过了一段幸福的时光。然而好景不长，才过了几个月的时间，男子就说他必须回归礼佛的生活，过于世俗的生活不适合自己。女人理解他，于是答应和他离婚。

离婚后，这名男子有时会打电话给她。除了问候及聊天外，电话结束前还会请女人寄些钱给他。金额不多，所以她一开始并没有拒绝。但是男子后来索要的金额逐渐增加，当汇款不足或是送钱延迟时，他就会马上打电话过来催。如果打完电话后女人还是没有顺从他的要求，他甚至会直接找到家里来施暴。

女人到处借钱给男子，同时也慢慢感到疲惫。她一度拒接他的电话，却又担心他跑来家里闹事，所以事发那天她还是接起了他打来的电话。男子同样开口要钱，女人鼓起勇气断然拒绝，回应说她不仅没钱，而且两个人离婚都已经一年了，现在两个人之间毫无关系，就算她有钱也没有理由给他，以后也不要再联络了。女人讲得一点儿都没有错，或许是因为这样，男子一言不发地挂断了电话。

几天之后，放学返家的女儿一进门，便嗅出家中一定发生了不寻常的事。随后她发现家中遍布血迹，却没有见到妈妈的影子。

“妈，妈！”

她用发抖的手打开浴室的门，发现妈妈昏倒在浴缸里。

根据刑警的说法，男子在犯罪时使用的是连年轻人都不一定拿得动的三种笨重钝器。

女人为了躲避男子而逃到浴室里，却也走入了再也无法逃脱的死路之中。

女儿报警后，母亲被送往急诊室。不过因为女人的伤势过重，医生认定她没有救活的可能，就算是奇迹般地醒过来，她也会带着重度残疾度过余生。

我为了清扫而进到浴室里。鲜血装满了浴缸的四分之一，和亮白的浴缸相比，血光令人有种超现实的感觉。面对如此凄惨的情景，女儿不知有多么惊恐、害怕与悲伤。

由于鲜血不能直接排入下水道，所以我们必须先用海绵擦拭，再将吸满血的海绵丢入病原性废弃物箱子。我们不断地反复擦拭，虽然不容易拭净，但总算接近了尾声。血迹被全部擦干净后，我们还要用药物洗净每个角落。正当我们快要清理完浴室时，一名看起来像是中学生的女孩走了进来，她正是屋主的女儿。

女孩面无表情地说以后要住在姨母家，所以回家来拿行李。同事在对她说明状况时，她也只是偶尔回应，态度显得有些冷淡。

女孩开始整理行李。大约过了一个小时，姨母说需要外出找些箱子回来，只剩孩子独自留在房间里。整个屋子安静无声，我们只听得到自己打扫或移动时发出的细微声响，屋内安静得像是沉入水底一般。

女孩所在的房间出奇地安静，我按捺不住担心走了过去，从半开的门缝窥向里面，只看得到孩子的背影。孩子正半弯着腰，将脸埋在母亲的衣物堆里。

原来她在哭！

孩子应该也明白，不久后母亲可能会因伤势过重而永远离开，她将无法再与母亲一起生活在这间屋子里，而她也无法再回到事件发生前的平凡生活了，这一切她都明白。孩子即将失去母亲，也即将失去十五岁的生活，取而代之的多半是可怕的记忆。还有，那个她曾经称之为“爸爸”的人，也会使她对人产生不信任感与绝望。

孩子的肩膀还在抽动，却始终没有哭出声音，我的心头突然涌上一股愤怒。是什么让这个孩子吞下悲伤，忍住痛苦，不敢表现出来？她的十五岁原本应该充满欢乐及希望，现在却被这个根本不是人的男人撕得粉碎。

我不知道要用什么方法来安慰她，如果她哭出声音，我至少还可以递个手帕给她。不过对一个哭泣却不想被发现的孩子来说，我们又不能贸然地靠近她。她是不是在对母亲表达最后的一丝期盼？如果哭出声音，是不是会让她觉得自己已经变成了孤单一人？是这种恐惧让孩子屏息哭泣的吗？

有相当长的一段时间，孩子都是一个人在哭。直到姨母回来拿箱子给她时才停止哭泣，而且表情再度恢复冷漠，仿佛未曾哭过似的，继续默默打包行李。

孩子往后还有多少日子要独自哭泣？她得压抑那些悲伤和痛苦到什么时候？我只要回想起那天，就会在脑海中浮现出孩子把脸埋在母亲衣服堆里哭泣的模样，心仍然会痛。

不过这个现场也让我同时明白了一件事，人们即使遭遇到难以承受的苦难，最后还是会重新站起来活下去，这就是我们所谓的人生。

谁是真正的家人？

屋主在遇到房客死亡的情况时，行为通常都会表现得像个受害者。“为什么偏偏是我家？”是屋主的惯常想法，他们会抱怨房子需要重新打扫，而且万一消息传出去，以后很难再找到新房客。但是我遇到的这一位屋主却像是自己犯了错一样，手足无措。

“身体还很硬朗，没想到突然就走了。”屋主阿姨说房客老奶奶的经济状况不好，所以将半地下的单人房以微薄的房租租给她，她至今已经住了很长一段时间。

过世的老奶奶与孩子们失去联络，只靠领取基本生活补助金及收集、变卖旧物维生。收废品的车子每个月都会来收购一次旧物，在此之前老奶奶的家里总是堆满废纸，并散发出异味，所以屋主根本没察觉到臭味其实是由房客老奶奶的遗体散发出来的。屋主阿姨低着头，仿佛做错事了一样。

独居老人在换季期间突然死亡的事时有耳闻，因为太常见，新闻几乎都不报道了。每当换季时节，原本身体健康的人也会因为免疫力急速下降，而容易患上感冒等疾病。这对年轻人来说或许不成问题，却可能成为身体虚弱的老年人突然死亡的原因。

老奶奶收集布满细菌的垃圾并堆放在家里，这种不卫生的居住环境也会对健康产生影响；又因为一个人住，三餐大多随便解决，所以营养状况也不佳；再加上身体不舒服时，连个陪伴就医的家人都没有。

“我不曾进到房间里，但是老奶奶养了一只大狗，那只狗现在怎么样了？”

“我去看一下再过来。”

光是堆积在门口的东西就已经很多了，没想到连房间里也堆满了废纸，这导致房间因阳光照不进去而显得幽暗，让人无法清晰视物。我只要一走动，就会听见从脚底传来的因踩踏苍蝇和虫蛹而发出的窸窣声。找出开关将灯打开，房间里顿时一片光亮，这时我瞥见棉被上有个僵硬的形体。

我走近一看，原来是只大狗。它的毛色是白的，看起来大概死了一星期。

开始从事殡葬礼仪师的工作之后，我看过许多尸体，也处理过动物的尸体。虽然看过几次死猫和死老鼠，但像这种大狗的腐尸，我是第一次见到。那一瞬间我突然感到反胃，赶紧走到外面向屋主阿姨告知状况。另外再告诉她，要一天内完成作业可能有些困难。

“拜托了。”阿姨跟我们说完，便脸色黯淡地离开了。我准备好药品及工具后，就和同事一起回到房间里。我们将狗的尸体装入病原性废弃物箱子中，同时发现狗的旁边有一个人形痕迹，看上去是个身材矮小的形体，应该是老奶奶遗留下来的痕迹。

以前我曾经处理过某个孤独死的现场。主人死亡后，被独自遗留下来的狗满嘴鲜红，因为它耐不住饥饿，将主人当成了食物，也因此才存活下来。对所有生命体来说，求生是最重要的课题，这只狗只不过是顺从禽兽的本能而已。动物原本就是依着求生的本能而行动，所以我们能怪狗吗？

然而我眼前的这只大狗却没能活下来。它没啃食老奶奶的遗体，而是在饿了二十多天后，最终饿死在主人的身旁。它对主人的情义，克服了身为禽兽的本能。

与其说它是忠犬，不如说它是家人。虽然子女抛弃了老奶奶，但是狗儿却守护老奶奶到最后。

我有位朋友曾经养了一只名叫“耶比”的宠物犬，为了带小狗去散步，他放弃朋友的聚会，一下班就赶着回家，对这只养了十三年的小狗疼爱有加。耶比年老后身体衰弱，一次生病后朋友将它送到动物医院诊治。不过那家医院没有夜间值班人员，无法半夜照顾耶比，结果耶比当晚就死了。医院承认自己有疏失，也同意赔偿，但是朋友和朋友的家人认为没有父母会拿子女的性命去换取金钱，所以拒绝接受赔偿。对他们来说，耶比是家中最小的女儿、最小的妹妹，毫无疑问，也是他们的家人。

现在有越来越多的人养宠物，对于独居的人来说，宠物更是名副其实的朋友，也是唯一的家人。但说到底它们只不过是动物，为何会成为人类的朋友和家人？

我们在工作上承受的压力，在生活当中受到的伤害，通常都是来源于人。这些伤害包括被误解、被拿去和他人做比较、被轻视忽略、受到排挤孤立、被利用，或是遭到背叛。另外，还有信任的朋友在背后攻击自己；发誓永远爱我的伴侣找到条件更好的人，就转身离去……

这个世界的人情日渐淡薄，我们不再毫无来由地对人亲切，也不会没有目的地接近他人。微笑和善的面孔已经不能完全相信，这就是我们在现实中身处的真实社会。我们在一生中遇到多少人，所受的伤害也许就有多少。

但是，宠物不会带给我们伤害。它们不会表里不一，不会背叛，更不会弃我们而去。它们对我们的信任没有止境，它们对我们的爱没有条件，而且始终如一地守在我们的身旁。它们更不会误解，也不会利用我们的真心，所以我们会把宠物当作伙伴，从中获得莫大的慰藉。

我常在孤独死的现场见到被孤单留下的小狗，它们无法说话，但大多数是真正陪伴亡者到最后一刻的家人。

负担不曾减轻的爱

“母亲六年前过世后，父亲一个人独居。我因为配合先生的工作而搬到外县住，节日时才会去父亲那里。他因为得了糖尿病，视力持续恶化，肾脏功能也变差了很多，每两天就要洗一次肾。父亲的糖尿病都这么严重了，唯一的女儿却为了谋生在忙碌……”

女儿陷入自责当中，泪如雨下。

“我常打电话给他说要去看他，可他每次都叫我们不用去。父亲说我们照顾孩子也很累，不要老想着来看他，还说我们太吵，他不喜欢我们去……”

亡者怎么会不想见到独生女儿和外孙们呢？其实身为父母，最先担心的是子女太辛苦，而不是先考虑自己思念子女的心情。

女儿一直哭，在悲伤中继续回忆。每次打电话都会立即接听的父亲，这次却没有接电话，她虽然觉得纳闷儿，却只是猜想父亲可能是去医院洗肾了，所以才没接。可是到了第二天，然后第三天，父亲都没接电话。她心头一震赶紧过来看，这时的父亲已经过世了。

“身体如果不舒服，可以打急救电话或是打电话给我，可是父亲总是自己默默地承受，当时的他不知道有多痛苦、多害怕、多孤单……”

女儿不停地呜咽，就在这时她的电话响了。

“嗯，过来时路上小心点。孩子我托妈妈照顾了。”

听起来像是和先生在说话，她似乎先把小孩送去婆婆那里后才过来的。挂断电话后，她说要先去一个地方，就先离开了。

我们开始整理房间。光处方药就装满了一整个箱子，我想起亡者女儿说的“至少也叫个救护车吧”。我们父母那一辈总以为叫救护车去医院的话，医疗费要花数千万韩元。不过身体不舒服本来就要去医院，他们明明病得那么重，却宁可忍受病痛，痛苦地挣扎。

就算多付些医疗费又如何呢？子女生下来后，父母要给他们提供吃的、穿的，还要让他们接受教育，到了晚年成为他们些许的负担，又如何呢？所谓的父母，很多就是一直付出到最后却不懂得接受回报的人。

亡者就是这样的父亲。他住的地方是十坪多的小公寓，虽然在夏天这样的天气里，遗体散发出的恶臭味较为严重，好在他把房间整理得还算干净。

我们先做喷雾消毒，接着就是将物品分类再打包装箱。房间里有很多医院处方药，亡者看来应该是病死的。我们还看到很多相册和相框，里面全部都是女孩的照片。这些照片几乎记录下了一个孩子成长的所有过程，从五六岁上小学的小孩开始到成为初中生，然后高中毕业，再到变成二十几岁亭亭玉立的姑娘。照片里的女孩正是亡者的女儿。

但是这些照片里只有女孩一个人，没有她和妈妈或爸爸的合照。大概是单亲家庭，女儿从小由父亲独自抚养。或许是因为没有人帮忙拍照，所以也就没有亡者与孩子的合照。

我打开一个摆在角落里的小箱子，里面装了满满一箱子信，都是女儿寄给父亲的。虽然觉得抱歉，但我还是打开了其中一封来看。在信中，女儿向父亲问安，并依惯例表达了对父亲健康状况的担忧，还提到她很想吃父亲煮的泡菜锅。

爸爸以前都会用味道十足的泡菜煮成泡菜锅，我好想吃哟。这里买的泡菜，怎么煮都煮不出在韩国吃过的泡菜锅味道。啊，好想回到我们韩国的家。好想好想爸爸！

看信件的落款日期，父亲身上的旧疾在那时已经很严重了，但女儿在信里即使提到父亲的健康状况，也只是依惯例问安的样子。这么看，很可能是父亲怕当时身在异国的女儿担心，所以隐瞒了自己的病情。

委托我们来打扫的朋友说他发现尸体时，亡者手里还紧握着手机。他问过当时来做现场鉴定的刑警，亡者死前是否联系过谁。刑警回答说没有，而且还反问这位朋友："我们调查过亡者的身份信息，他有一个女儿，他们没有住在一起吗？"

据说，亡者的手机通讯录里没有储存女儿的电话号码。亡者之所以找电话，并不是为了通知女儿，而是为了打急救电话。

亡者年纪大了，加上全身都是病，即便每天都会看相框里的女儿好几回，借此抚慰心中的思念，但他是否会因为怕自己成为女儿的负担，所以不敢向她求助，甚至还希望女儿忘了自己？

为什么父母总是想独自扛起所有的责任？其实可以让子女一同分担养老的压力。否则子女不仅很难陪伴父母走完人生的最后一程，可能连最后的送终都会错过，这只会留给他们无限的自责。

同时身为子女及父母的我，无论站在哪一方的立场去想，都感觉很为难。不过我很清楚一件事，经过一段时间之后，悲伤与自责的感觉将会慢慢模糊，但父母给予子女的爱却是永远清晰的。那些爱不会消失，还会继续陪伴子女，以及子女们的子女。

如同春来花开

在所有的作业地点中，我最喜欢房子稀疏、道路宽敞的这类住宅区。如果是住宅密集的地区，我们几乎不可能把卡车停进去，因为只要有一辆车要开进巷子里，我们就必须先把卡车开出去；又进来一辆车，我们就得再开出去，不断反复。最多的一次，我们曾经来回跑了二十四趟。

这次作业的房子，可以在房前停车，而且因为现场在一楼，手推车一次可以拉三四箱东西。这天的作业可以说是非常顺利。

当我们将载去的药品及设备搬进庭院里时，一位老爷爷走了过来。

“我住在隔壁，那天闻到奇怪的味道就跑过来看……天哪！真的吓死我了，我只要一想起那天，心脏就会扑通扑通地跳。”

第一个发现亡者的人就是这位老爷爷。

“这位先生的父亲是将仁川市发展壮大的五大名人之一，是一位了不起的人物。在仁川如果有人不认识他，那个人一定是间谍。他的名望，连韩国国会议员都要礼让三分。”

我们还是第一次听到这些事。

“他好像是一个人住。”

“他的孩子都很不孝顺，老爸都死了，还不过来看看。警察应该早就联络过他们了。”

总之，亡者的子女只是把玄关大门的密码告诉警察，但是没有半个人过来看看。

“我早就知道，养大这些孩子根本没什么用。他们把爷爷的财产分光，然后就不管爸爸了。这个老人也很可怜，做生意把家财全部赔光了，还被子女赶出来，所以搬来这里住，原本感情很好的老婆也已经过世。警察说他好像是吐血死的，你看那里，不是有几百个空酒瓶吗？没有人给他准备三餐，只知道酗酒，最后把身体弄坏了。”

玄关的楼梯旁果真有好几百个酒瓶在滚来滚去，卧房里也到处都是酒瓶，掉在地板上的卫生纸和手帕则是沾染了鲜血，看起来亡者有严重的咯血症状。

客厅的墙上挂着许多相框，里头大多是些褪了色的老照片。照片的主角应该是亡者的父亲，他体格结实，给人很精明的印象。照片中的他有时与名人握手，有时胸前别着花正在剪彩，有时受邀参加活动……

也有些还没褪色的照片，看起来像是亡者生前与家人的合照。亡者膝下有二男一女，与父亲不同的是，亡者脸部的线条比较柔和，体格也较为矮小。

“他们要求把东西全部都丢掉，那些相框应该也要丢掉吧。”

每当要丢掉照片时，我的心中就会异常不舒服，仿佛是要丢掉一个活生生的人的感觉。我把相框拆掉，再装进箱子里，这时刚才遇到的那位老爷爷一边干咳，一边走进来。

“为了这些苦差事，辛苦了！喝一下这个吧。”

老爷爷递过来的是提神饮料，我正好觉得渴，便接了过来。

“谢谢。”

“做这种工作，也会常看到尸体吗？”

“不会的，警察都是在调查结束后再找我们清理现场。”

“啊，原来如此。这位老人很喜欢花，以前做生意好像也是开花卉农场的。不管种什么花，都没那么简单。只要一发生病虫害，就什么都没了。他的那些孩子把祖辈留下的财产全部分光，又怕被年老的父母拖累，所以把他们丢在这里。不过有件事很神奇，那就是每年一到春天，他家庭院里的花都会开得特别茂盛。也没有人在照顾，一种下去很快就开花，让整个庭院生机盎然。花比人好，不像孩子，连自己的父亲都不认，父亲死了也不在意。”

“原来如此！”

“他是名门望族的独子，整个成长过程都衣食无缺，做人谦虚又善良。从小身边的人就对他有很高的期望，希望他能进医学院或法学院，但是他却故意连大学也不念，一心只想种花。问题就出在他的那些小孩身上，在他还有钱的时候，孩子们抢着说要做生意。财产都分给他们了，还一直怂恿老爸加入。但他不是一个贪心的人，他只想和老婆两个人种花过日子。”

老爷爷话说到一半停了下来，然后望向庭院。

“人活着是为了什么？唉，真是……”

我们视线所及的庭院里种满了树，这些全都是会开花的树。

身为望族的孩子，特别是独子，亡者从小就背负着家人很高的期望，无论走到哪里，“仁川开拓者之子”的标签总是如影随形。不管是在家里还是在外头，他都无法摆脱父亲的名字，获得真正的自由。

不过亡者是个质朴的人，没有什么野心，所以连大学也没念，一认识心仪的女子就马上结婚，两个人过上平凡的生活。但是他的孩子们并不甘于平凡，他们希望父亲也能像有钱又有名望的爷爷一样，成为一个了不起的人。反正爷爷留下的遗产很多，他们索性怂恿父亲大手笔投资做生意，成为一个商界名人。孩子们则用自己分到的那些遗产，也做些生意。

就这样，亡者把继承来的遗产全部投入到生意里，虽然花卉农场最后失败了，但是只要有心爱的太太和花，他就觉得幸福。他对自己的生活感到满足，而且怡然自得。孩子们无法理解他的想法，就好像早年那些说他“远不如父亲”的人一样，不了解他的幸福感的来源。

通常越是成功的父母，越容易用自己的成功经验，去强迫子女依循相同的模式来生活；再加上他们可以为子女提供许多支持及后援，所以越是富有的家庭，对子女的期望就越高。父母如果是社会成就高的人，身边的人对其子女的关注与期待也相对较高。然而子女的人生是他们自己的，就如同父亲的人生是父亲自己的。

亡者意志坚定地过着自己的人生，可是当太太离开人世后，他在伤心之余也疏于照顾花卉和他自己。他每日酗酒度日，终至吐出鲜血而晕厥。

我结束打扫后从屋内走出来，看到庭院里的树木冒出了一些新叶。它们现在虽然没有人照顾，但是只要春天到来，花朵依然会盛开。这是对爱的回报，而整座庭院也将会再次绚丽地绽放。

爱过之后离开的巧克

我养了两只狗，一只养在办公室，一只养在家里。同事对养在办公室里的那只狗爱护备至，每天要带它出去散步两次。这只每天都过得十分幸福的狗名叫“松茸”，它是我从工作现场带回来的。它在主人离世后不断地呼喊，最终因眼压过高导致眼球破裂。在被我发现之前，它饿了很长一段时间，只剩皮包骨，如今却胖到快没有“衣服”可穿了。

另一只狗叫“巧克”，也是在工作现场被我发现的。有次我们到达某个孤独死现场，因为房子是半地下的，即使是在白天，屋内仍是一片黑暗，所以我们开灯检查了水槽底部，发现有只巴掌大的小狗因过度惊吓而正在发抖。

那个现场的遗体已经放置超过一个月，小狗应该饿了好几个星期了，没想到这么小的生命还能存活，真是神奇。我们小心翼翼地将手探进水槽底部，大概是已经没有力气挣扎和咬人了，它乖乖地让我们抓在手里。这是一只茶杯犬，它当时看上去仅剩一口气。

我们检查小狗的牙齿，确认它是只成年犬，很难想象成年犬怎么会这么小；再加上饿的时间太长了，它看起来更加瘦小。我们想找些东西喂它，这里虽然有一袋狗粮，但是一旁的尸体已经放置超过一个月，狗粮有可能会沾到感染性病毒，吃下这袋狗粮则会导致小狗死亡，所以这袋狗粮无法再喂给它了。

同事出去给它买牛奶，这时屋主走了进来。

“哎哟，这是什么味道？”

他接连咳了几声，捂着嘴巴，愁眉苦脸。似乎说了些什么，却又因为捂着嘴让人听不清楚，我只能凭感觉猜测他在抱怨。但是，突然死亡又不是亡者的错。

亡者在人力派遣公司上班，每天都忙着谋生度日。他从不曾拖欠房租，而且作为一个单身汉把屋子整理得很干净。几个月前，他带回来一只狗，投入很多精力养它。他下班后一回到家，连衣服都不换，马上再次出门，带狗去散步。

如果是在人力派遣公司上班，亡者应该有在建筑工地做过粗活儿。工作一整天的他，回到家时早已筋疲力尽，但他依然每天带狗散步，没有停歇。

“小狗怎么办？”我们向屋主询问如何处置小狗。

“用垃圾袋装起来丢掉啊，反正都快死了，装到袋子里绑紧就会死了。”屋主回答道。

刹那间，我怀疑自己的耳朵出了问题。

“是快死了，又不是已经死了，怎么可以这样做？”

“那谁来养？主人已经死了，他养的狗也一起死啊。”

“我办不到。”

“不会吧！来帮亡者打扫房间的人，连这都做不到？如果做不到，那要不要直接丢弃，或者你就干脆带回家去养好了。”

对亡者来说，小狗是珍贵的家人，但是对其他人来说，它却如同一件可抛弃的物品。

只要把它洗干净，好好喂养一段时间，它仍是谁看了都会喜爱的漂亮小狗。但是如果我把它带回家里养，太太会不会同意，这是一个问题。如果把它带去办公室，那里又已经养了松茸。

我和它的缘分，是从喂牛奶开始的。我拿出纸杯，将牛奶倒进去，小家伙环顾四周，察言观色一番之后又嗅了一下牛奶的气味，就惊慌失措地喝了起来。它喝完之后还继续舔着纸杯，于是我又倒了一些，纸杯里的牛奶再次马上见底。因为怕把它的胃撑坏，我只能假装没看到它充满惋惜和乞求的眼神，断然将纸杯收走。我又在纸箱里铺了毯子，它就乖乖地趴在那里。我在打扫时，总是忍不住将视线投向纸箱。

“那个小家伙到底要怎么处理？”

最后，我还是把小狗带到了办公室。它实在太脏了，我决定先帮它洗过澡后再想下一步该怎么办。它的体形非常小，用单手托住就可以洗了。我给小狗抹上肥皂后用清水洗了三次，它变得干净了许多。我拿毛巾包住冷到发抖的小家伙，将它抱在怀里，心中产生了即使挨骂也要带它回家的念头。

我的心脏怦怦跳，不知道太太和女儿见到小狗会是什么反应。女儿很喜欢小狗，每次在路边看到小狗都会过去摸摸它们，但是太太的反应却令人难以预料。

“哇，哇，是小狗！”

到家后，我一打开箱子，女儿就兴奋地到处蹦跳。太太则问我小狗是从哪里带回来的。

“从今天打扫的那间屋子带回来的。我觉得孩子应该会喜欢，而且体形娇小漂亮，所以就带回家了。”

虽然太太的脸上闪过一丝不悦，但是因为女儿喜欢，她的表情显得有些无可奈何。女儿一听到我说小狗饿了很久，身体不舒服，就开始用手指尖轻轻抚摸小狗的背。看到女儿这样，太太和我都笑了。托这只小狗的福，我们已经很久没有全家一起笑了。

每天工作完一回家，我都直接往浴室跑。如果想抱抱女儿，我必须要先洗过澡，但是洗完澡后，孩子通常也睡着了，我每次只能轻轻抱一下正在熟睡的孩子。但是因为有了这只小狗，我不用直接奔向浴室，就可以坐在客厅聊天，和家人一起笑。

巧克来到我们家的那天，我们都忘了睡觉的时间，女儿仔细瞧着小狗问："它要住在我们家吗？"

"当然。"

"我睡醒后，它还会在我们家吧？"

女儿再三确认小狗会和我们住在一起后，才安心地去睡觉。

我们第二天带小狗去动物医院检查，医院说它有严重的营养不良，所以长得瘦小，心脏也比较衰弱。果不其然，巧克后来得了心脏病，为此动过两次手术。

因为毛色像巧克力般深黑，所以小狗被女儿取名为"巧克"，从那之后它成为我们家的一员。巧克就像是女儿的兄弟姐妹，所以对我们夫妻来说，它就和我们的子女没两样。托巧克的福，它来了以后，我们家比从前更常充满笑声。

巧克是在和我们一起住了四年后离开的，听说这种改良过的茶杯犬寿命都比较短。巧克离开很长一段时间后，女儿依旧非常难过。

巧克在已故的主人身旁艰难地活了下来，然后又成为我们的家人。从某些方面来看，这些都不是巧克选择的——不管是一开始来到亡者的家，还是后来到了我们家。但是，我始终认为这就是巧克的选择，也许是为了带给我们爱。

没有人伤心的死别

接到屋主的电话后，我们找到了需要清理的地方，那是一间看起来似乎一碰就会垮的木板屋。

实在令人无法相信，首尔现今还有那种房子。屋顶一下雨就漏水，一下雪就仿佛无法承载雪的重量般几近崩塌。墙壁上贴的不是壁纸，而是又厚又脏的报纸，墙上到处都是裂痕。其实这里根本不用打扫，应该直接拆掉才对。

我不懂为什么还要花钱打扫这种房子，不仅老旧，更重要的是它看起来真的很危险。

不过我们一旦接受委托，就会把现场处理好。我带着惊恐的心情，进到屋里开始打扫。屋里到处都是蜘蛛网，物品也没有半件是完整的。我的视线所及之处有生锈的汤匙和碗，还有一些被挂在墙上，但已经看不出原本是什么颜色的衣物。

屋里的电饭锅是那种“开关下扳煮饭，开关上扳保温”式的陈旧型号。电视的牌子是“GOLD STAR”，那是金星电子的显像管电视机。金星电子大概是在一九九五年改名为LG电子，所以这台电视机至少已经出厂二十年了。屋里就只有这些东西了，其他像肥皂之类的生活必需品，我们完全没看到。而且即便再穷困的家庭也都会准备的拉面，这里竟然一包都没有。

我的心中突然产生了一丝悲哀，亡者都是吃什么过日子的呢?

物品实在太少，打扫并没有花很多时间，这里连需要撕的壁纸都没有。正当我们在清理地板时，屋主又来了。他通知我们，将遗物搬出去后就可以结束工作了。其实整理出的东西并不多，但是他说自己腰不好，没办法自己搬。

“唉，可怜的老人。”

据说，警察找到了亡者的弟弟，但是他拒绝领回尸体。因为弟弟的经济状况也不好，没有钱办葬礼。

这种事我在做殡葬礼仪师的工作时也曾经碰到过。原本以为亡者没有亲人，结果在找到家属并联络到人后，家人却拒绝领回尸体。被拒绝领回的尸体在韩国通常会被送去做医学解剖，或是直接火葬。这位亡者的遗体应该也会按照相同的方式被处理掉。

也有不少的情况是，警察始终找不到亡者的家人。这种情况一般是因为居民登记资料丢失，有时则是因为登记的姓名与真实姓名不匹配。以前的人——尤其很多年纪大的老奶奶们，连自己的名字都不清楚，也没有去办理过出生登记。

这些老人因为生活困难没钱去医院，又或者是可以去医院，却为了节省医疗费而不愿意去。不得不去时，有的人甚至是借医保卡去看病。

其实，他们交的房租里通常都已包含了公共事业费用，但因为是直接交给屋主，不会通过银行汇款，所以不会留下银行信息；又因为没有办居民登记，他们也无法被列为低保补助对象或照护服务的对象。他们是存在，但又好像不存在的一群人。

不过，那些有钱的亡者就很容易找到家属，甚至是原本非亲非故的人也会跑出来。我以前曾经处理过一个现场，亡者在生前买了保险，在警察调查期间不曾出现过的家属，后来直接领走了保险金。

不只独居老人，街头游民也一样。他们没有登记居民资料，也没人知道他们的名字，所以就成了身份不详的无亲属者。在亲属出现之前，游民的遗体一旦没有足够的地方安置，就会直接火葬处理。

一场没有人处理的后事代表着，一个极度贫寒的人以一个没有任何痕迹需要清理的方式孤寂地死去。生与死的本质都是孤单，但是从亲密关系中获得的力量，可以让我们不轻言放弃生命，在世间努力生活。来自身边亲人的爱，可以让我们战胜对死亡的恐惧，平静地迎接人生最后时刻的到来。所以没有人陪伴的孤独死亡，没有人为自己处理后事的亡者，令人分外心痛。

遗物整理师的工作让我了解到，即使活在同一个天空下，依然有着我们不知道的世界。我曾经在相关报道里看到，无亲属认领的游民或独居老人的尸体会被移作解剖之用，那篇报道下面的留言中包含了各种意见。比如，提出质疑，没有事先得到亡者的同意，怎么可以擅自解剖他们的遗体；还有些留言则是指控这种行为的。

不过，我并未看到关心孤独死的话题，以及试图为此提出对策的留言，也没有看到正确解读“无亲属者”真正意义的留言。

无亲属者，有可能存在吗？人一出生，就有生我之人，也有由此血缘关系展开的其他相关的人。世界上不可能有无亲属者，只有遭家人遗弃，或是不被关心的穷困之人罢了。

有的人活着的时候没有人关心，死了以后才因为警察的调查而找出亲属。用残忍一点儿的方式来形容，这和处理废弃物有什么不同？不被视为国民的国民，不被我们当成邻居的邻居，就那样独自面对一场没人为他们哭泣的死亡。

我们应该深刻思考的，并不是无亲属者的尸体该如何处理，而是我们的亲属、朋友、邻居为什么必须孤独地面对死亡。请在他们活着的时候就付出关心吧！只有当社会把所有人都当成同样的人同等对待，我们也对其他人不冷漠相视时，大家才有可能一起守护生而为人的基本尊严。

后记

除了爱，还是爱

某一个冬夜，下了一整夜的雪，雪凝结在汽车的挡风玻璃上，必须要清除。我舀了一瓢热水泼过去，住在办公室前的独栋公寓的邻居跑出来大喊：

“那辆脏车有什么好洗的！”

脏车？我们从现场运出的家具或杂物、垃圾等，都会马上拉到废弃物处理厂，不会带到办公室来。但是人们都不希望我们——包括我们的办公室或车辆在自己的附近，有好几次甚至跑去向韩国有关部门投诉，导致我们受到韩国环境部的调查。我们虽然没做什么亏心事，也不怕被调查，只不过相同的话要像鹦鹉学舌一样反复地讲，不免觉得厌烦。因为居民们不喜欢和我们当邻居，我们每三个月或六个月就要搬一次家，非常辛苦。但其实如果没有我们这一行的话，真正辛苦的是大家。我们也是人，所以偶尔也会抱怨一下。

公司搬过几次家后，幸好找到了现在这个绝佳的位置。这栋建筑物以前是鸭肉食堂，周边有山包围着，旁边是寺庙，前面则是周末有游人来玩耍的农家乐。另外，这里的停车场也很宽敞。

虽然已经搬了很多次家，我还是故意不换掉“遗物整理师”的招牌。如果连这里都要因为偏见赶我们走的话，那我们大概只能躲起来了。同事们一直在他人异样的眼光中背负着使命感默默工作，为了提振他们的士气，我向他们解释，目前还不适合在市区房间格局方正的办公大楼里大方地挂上招牌。这是无可奈何的事，人们对死亡的负面认知依然固执己见。

偶尔也有人在我们的公司网页留言或通过电话询问，说想尝试这项工作。他们误以为这项工作很有前景，而且还没有很多人做，收入应该很高。来询问的人里面，有人说想当员工，有人咨询创业的事，不过如果是基于前述理由的话，我都会郑重地告知真相。这项工作在生理及心理层面上都相当辛苦，更重要的是，每天还会受到来自周围人带有偏见的伤害。而且整理棘手的死亡现场，从中收取的实际报酬并不高。

这只是一份职业，投入的人不需要带着了不起的使命感，把自己想成好像是要从事某种特殊工作的人。我们只不过是帮亡者“搬家到天国”的人，而亡故是每个人都要面对的事。带着这种想法把整理他人遗物当成是自己家人的事来对待，才是从事这项工作最需要的态度。

开始从事这份工作之后，我最常听到的问题之一是：“在现场时不会害怕吗？”一开始当然很吃力，但是在经常接触这些现场之后，我们就不会感到害怕了。很多时候我的心中真实感受到的是沉重，毕竟接触到的多半是那些有过痛苦经历的亡者。

有些现场仍保留着亡者努力求生的痕迹，看了不免令人心痛。有的亡者家中摆满了从山中采得的桑黄菇、灵芝等各种草药，还有好几本民间疗法，以及他们的抗癌笔记等书本。不过，他们却在与癌症对抗一段时间后孤独地死去。

如果当天遇到这样的亡者，我的心里会觉得倍加沉重。不过不管再怎么累，我绝对不会饮酒。因为在整理孤单离世者的遗物时，我们看到最多的就是空酒瓶。每每看到空酒瓶，我就会提醒自己不要因为酒而虚掷人生，残害自己。

另外，从事这项工作后我最常想到的就是家人。工作完总会想快点回到家中看女儿，用力抱抱她，然后暗自发誓：一定要让生活充满更多的笑容和爱。

我从二十岁出头开始从事殡葬礼仪师的工作，同时了解到生命与死亡。我看过很多人生前不曾获得过一点点关心，因而选择了轻生，死后又没有立即被发现，所以也无法安心地走。

由于职业的特性，我碰到过很多其他人不曾见过的情况，所以觉得应当如自己所体会到的那样，更认真地生活。因为不想看到有人为了爱情、工作、生活而选择死亡，虽然能帮的忙有限，我还是申请了社会企业的认证[①]，这样做既能创造一些工作机会，更能扩大企业规模，进而帮助更多的人。从三年前起，我们就与韩国法务部保持联系，帮助那些因犯罪而受害的人。

另外，在很偶然的机会下，我们参加了 KBS[②] 的《演讲 100℃》节目，在节目中向大家介绍我们从事的工作。还在节目中呼吁大家，每天要给身边的人“三十秒”的关心。

这些全都与我想借这本书传达的故事有关。我想让更多人了解这个职业，进而打破偏见；也希望能再一次提醒大家，在对身边的人日渐冷漠的年代里，我们是否遗忘了最珍贵的东西？我希望将我学习到的东西与大家分享。

① 韩国于二〇〇七年颁布《社会企业促进法》（*Social Enterprise Promotion Act*），向通过认证的社会企业提供补助与辅导，旨在促进社会企业增加工作岗位。——译者注

② KBS 是韩国广播公司（Korean Broadcasting System）的英文缩写，该公司是韩国最早的公营电视台与广播电台。

我们付出微不足道的关心，却很可能成为某个人继续活下去的动力。我们想当一条牢固的粗绳，接住原本要被放弃的生命，并使其重生。

衷心期盼至少有一位读者，在看了这本书以后，能改变对死亡的认知，并通过这位读者，让更多的人有些新的领悟。这段时间我接触到的孤独死亡者，都有些共通点——经济上很困难，断绝了与家人或邻居的往来，遗物中会出现子女的照片。他们在人生的最后一刻，心里仍然惦念家人。也许他们需要的只不过是一句温暖的问候，而不是经济上的支援吧。

“今天做了什么事？吃过饭了吗？”

工作做完后，我常会拨个电话给父亲。虽然只是一通没什么特别内容的简短电话，但是只要听到父亲的声音，我就能感到安心，而父亲也是一直感谢来自儿子的电话。打电话给家人或朋友，并不是件困难的事。就算打电话比较麻烦，至少也要发一条文字讯息。

我们的一则简短问候，或是一句温暖的话语，都可能使我们珍爱的人选择求生而非寻死。其实对我们来说，生命结束后真正留下来的，是曾经全身心地爱过谁以及被爱的记忆，仅此而已。

附录

遗物整理师的叮咛：圆满人生的七大守则

一、请养成整理的习惯，建立生活秩序

你是否常觉得“这个东西还有用”，所以就留着不丢掉了呢？不整理居住空间，就等于放弃了生活。你可以亲自去一趟垃圾回收站看看，那里并非一开始就堆放着垃圾，都是日积月累的结果。

当我们觉得被伤害而开始对人们失望，以及困于生计而意志消沉时，懒散也会跟着到来。我们的日常生活，正是从吃完饭要洗碗、家具蒙上灰尘要擦拭、地板脏了要拖地之类的小事开始的。

请将用不着的东西果断地丢弃吧！或是送给身边的人也可以。总之，最重要的是维持我们生活空间的整洁。我们离开后留下的东西越简单，越能减轻家属的悲伤。

二、如果有话难以说出口，请用文字写下来

当所爱的人突然撒手人寰时，留下来的人将会受到莫大的心理冲击。

如果有还来不及说出口的烦恼或痛苦，可以像写日记一样，将它们一点一滴地写在笔记本里。此外，在面对面的情况下，因尴尬而无法向其他人说出口的感谢或心中的爱意，也可以用文字来表达。

请记得要将笔记本放在显眼的地方，这样比较容易被家属发现。对于那些因为你的离开而陷入痛苦的人来说，这是一点儿小小的体贴。

三、重要的物品请放在容易被家人找到的地方

从整理遗物的工作经验来看，我们常会在橱柜下方、枕头里、相框背后等处发现贵重物品或现金等。亡者大概是因为怕放在显眼的地方容易被别人拿走，所以藏在不容易被看到的地方吧。不过这种遗物可能不小心就被丢掉了。

所以如果有自己死后必须被找到的重要物品，请放在家人容易找到的地方。在死前事先写好遗书，计划好财产要如何分配，也是好的方法。

另外，如果存在那种你一离世就可能造成家人间纠纷的金钱问题，千万别忘记一定要事先把问题解决掉。

四、请不要对家人隐瞒病情

一位父亲因为担心自己成为独生女儿的包袱，所以隐瞒病情，在独自支撑六个月之后死亡。在去世之前，他每天都要看女儿的照片好几次以解思念之情，但在手机里没有储存女儿的电话号码。或许是因为害怕自己下意识地拨电话，讲些让女儿有负担的话吧。女儿知道父亲独自承受病痛又独自过世的事时，受到了相当大的冲击。心中满怀歉疚的女儿因此得了心理疾病，自此终生都陷在痛苦中。

对家人隐瞒病情，虽然暂时不会造成家人的困扰，但日后却会让家人自责一辈子。请记得一件事，就算公开病情可能会带来一时的负担，但是如果隐瞒不公开的话，反而会让家人愧疚一辈子。所以真正的明智之举，是将自己的病情告之家人，和家人共同承担。

五、请充分享用所拥有的物品

我们通常都会有这种问题，花费过多的精力来保管那些死后带不走的东西。我在整理遗物时，总是能找到一堆完全没有使用过的新东西。有位亡者将辛苦赚来的钱存起来，每天三餐只吃辣椒酱和泡菜拌饭，后来遭遇意外死亡，自己什么都没有享受到就离开了。一旦我们不在了，有些东西势必要丢掉，如果现在不使用，将来就可能再也无法使用了。所以不要舍不得，趁身体还健康的时候好好地享用这些东西。

我从事遗物整理工作之后，学到的最重要的一点就是好好使用自己拥有的物品，把不需要的东西果断地丢弃。不知何时用得到、只使用过几次的新东西，还有花大钱买回来的物品，都是一些我们不需要，却一直保留着的东西，这样只会让生活变得复杂。为了此刻还活着的自己，请不要舍不得使用已拥有的物品。

六、请为自己而活，而不是为别人

在寻死的时候，很多亡者都会抱怨他人："都是因为你，是你造成的，都是为了你……"

我们应该为自己好好活着才对。以"因为别人，因为想帮别人"为理由结束自己的生命，这种行为有如傻瓜一样。自己要先好好活着，才能够帮助别人。

七、最后留下的，是与所爱之人的共同回忆，请在活着的时候多留下美好的回忆

进好大学、找个好工作、买房、买车，这些事情虽然有意义，但这些在人生的最后时刻全都带不走，也不能留在身边。真正能留下来的，是我们曾经彼此爱过的记忆。爱过与被爱的记忆会一直保存很久，即使在我们离开人世后，它也

会温暖地覆盖世界的某个角落。你与心爱的家人有多久没有见面、吃饭、聊天了？如果因为“现在很忙，有急事所以延期”，等以后想去做的时候，有可能已经无法实现了。

想象一下在自己闭眼的那一刻，有什么事是令你最不舍的，那些就是你现在应该立刻做的事。请与心爱的人多留下美好的回忆，它会在你人生的最后一刻，温暖地包围着你。

桂图登字：20-2021-051

图书在版编目（CIP）数据

我是遗物整理师 /（韩）金玺别，（韩）全爱圆著；萧素菁译. 一 南宁：接力出版社，2022.3

ISBN 978-7-5448-7511-0

I. ①我… Ⅱ. ①金…②全…③萧… Ⅲ. ①纪实文学—韩国—现代 Ⅳ. ①I312.655

中国版本图书馆CIP数据核字（2022）第001028号

责任编辑：马 婕 陈 楠　美术编辑：崔欣晔　责任校对：李姝依

责任监印：郝梦皎　版权联络：金贤玲　营销主理：贾毅奎

社长：黄 俭　总编辑：白 冰

出版发行：接力出版社　社址：广西南宁市园湖南路9号　邮编：530022

电话：010－65546561（发行部）　传真：010－65545210（发行部）

http://www.jielibj.com　E－mail:jieli@jielibook.com

经销：新华书店　印制：唐山嘉德印刷有限公司

开本：880毫米×1250毫米　印张：6.25　字数：120千字

版次：2022年3月第1版　印次：2022年5月第2次印刷

印数：20 001—26 000册　定价：45.00元

因孤独自杀。
：酗酒而亡。本是豪门独子
他只愿过闲云野鹤般的清闲日
，但孩子们逼着他做生意，赔
后又不赡养父亲。
亡者：大厦警卫
性别：男
死因：病故。亡者未婚，喜欢诗
歌，喜欢请无家可归者吃饭。
性别：女
死因：病故。子女虽不再与老奶
奶联络，但她仍认真过着每一天，
并为自己的身后事做足准备。
亡者：住出租房的中年人
性别：男
死因：自杀。亡者两次遭到信任
之人的欺骗，对人生感到绝望而
自杀。
性别：男
家人期望成了牙医
后自杀。
居，病到只能在地上爬，
常上厕所也不告诉儿子。
亡者：上夜班的年轻女孩
性别：女
死因：人为纵火。姐姐的男友
好逸恶劳，与姐姐分手后怀恨
在心，纵火报复女友一家，妹
妹不幸罹难。
30年的老人
亡者曾是韩国
唯一标签。
亡者：住在乡下的老人
性别：女
死因：寿终正寝。有儿孙环绕，
在家人的陪伴下安详地离世。
亡者：死在家中无人问津的老人
性别：男
死因：病故。因儿女不关心而独
自居住，病故20天后才被邻居
发现，儿女只在遗物中寻找财物。
亡者：刚搬入出租屋一个月的男人
性别：男
死因：肝硬化酗酒亡故。因患病
离婚独居，又因深爱不在身边的
孩子酗酒直至亡故。
亡者：租住破旧老屋的老人
性别：女
死因：自然死亡。没有子女扶
养的老奶奶靠捡拾垃圾度日，
还好有忠犬相伴，即使死去也
有它守护。
性别：女
才被发现。

亡者：死在家中无人问津的老人
性别：男
死因：病故。因儿女不关心
自居住，病故 20 天后才被邻居
发现，儿女只在遗物中寻找财物。
爱女而选择独居，即使病得很厉
害也不叫女儿为他操心。
性别：女
死因：急性低血糖导致休克。老
人为了不成为子女的负担，独自
一人居住，并在生前就安排好了
所有后事。
亡者：隔壁的邻居
性别：女
死因：心脏停搏猝死。邻居为了
缅怀她，在她去世的浴室留下一
朵菊花。
性别：男
父亲腿受伤后不忍连累儿子而独
居，病到只能在地上爬，无法正
常上厕所也不告诉儿子。
性别：男
政界人士，与世隔绝是他生命的
唯一标签。
亡者：大厦警卫
性别：男
亡者：独居的老父亲
性别：男
死因：在睡梦中亡
多日才被发现，他
电的电热毯上，尸
电热毯下面。
性别：男
死因：自杀。亡者生前渴望进入
韩国电力公司工作，但在奋斗的
路上选择了自杀。
性别：男
死因：不详。想做吉他手，
家人期望成了牙医，梦想破灭
后自杀。
亡者：住出租房的中年人
性别：男
死因：自杀。亡者两次遭到信任
之人的欺骗，对人生感到绝望而
自杀。
亡者：住在乡下的老人
性别：女